菲律賓・華文風 叢書 17 （新詩）

# 千島世紀詩選

千島詩社同仁 著
楊宗翰 主編

# 千島詩社簡史

一九八四年，一群菲華詩人：月曲了、謝馨、陳默、白凌、林泉、和權、吳天霽、蔡銘、王勇、佩瓊發起組織「千島詩社」，並於一九八五年的情人節舉行千島詩社成立儀式，發行《千島詩刊》創刊號。千島詩社不設社長制，只設三位編輯職位，經相互推選，月曲了、林泉、和權負責編務，訂期在《聯合日報》上出版詩刊。

一九八五年，千島詩社作為籌備單位，參加了「第二屆亞洲華文作家會議」在菲律賓舉行的工作會。一九八七年，千島詩社與王國棟文藝基金會、辛墾文藝社、耕園文藝社聯合主辦「菲華現代詩學研討會」，並邀請台灣詩人組團訪問菲律賓。該訪問團成員有：洛夫夫婦、白萩夫婦、向明夫婦、張默夫婦、辛鬱夫婦、張香華、蕭蕭、管管、連寶猜等。

一九八八年千島詩社舉行社員大會，選舉新屆職員，平凡榮膺第一屆社長。同年邀請台灣詩人羅青、蕭蕭來菲律賓講學，舉行過數場現代詩講座及座談會。一九九〇年舉行選舉，平凡連任第二屆社長，並籌備出版千島詩社兩部同仁詩選：《千島詩選》、《千島一九九〇》。一九九二年邀請七位台灣作家來菲訪問（林燿德、鄭明娳、羅門、吳潛誠、林水福、許悔之、王幼嘉），並擔任由千島詩社舉辦的文藝營講師。千島詩社舉行第四屆職員就職典禮時，特邀台灣詩人杜十三為就職典禮主賓，並舉辦了文學講座與座談會。

千島詩社第一屆社長：平凡；第二屆社長：平凡（連任）；第三屆社長：月曲了；第四屆社長：江一涯；第五屆社長：白凌；第六屆社長：蔡銘（現任社長）。

千島詩社現有成員：小剛、小鈞、心田、月曲了、王仲煌、王勇、王偉祥、王錦華、白凌、石子、江一涯、吳天霽、卓培林、欣荷、阿占、南山鶴、幽蘭、施文志、柯清淡、范零、浩青、佩瓊、張斐然、張靈、莊杰森、許露麟、陳默、曾幼珠、蒲公英、劉氓、蔡銘、謝馨、靈隨。往生的同仁：心宇、林泥水、平凡、莊垂明。

【主編序】

# 在台灣閱讀菲華，讓菲華看見台灣

## ——出版《菲律賓・華文風》書系的歷史意義

楊宗翰

很難想像都到了二十一世紀，台灣還是有許多人對東南亞幾近無知，更缺乏接近與理解的能力。對台灣來說，「東南亞」三個字究竟意味著什麼？大抵不脫蕉風椰雨、廉價勞力、開朗熱情等等；但在這些刻板印象與（略帶貶意的）異國情調之外，台灣人還看得到什麼？說來慚愧，東南亞在台灣，還真的彷彿是一座座「看不見的城市」：多數台灣人都看得見遙遠的美國與歐洲；對東南亞鄰國的認識或知識卻極其貧乏。他們同樣對天母的白皮膚藍眼睛洋人充滿欽羨，卻說什麼都不願意跟星期天聖多福教堂的東南亞朋友打招呼。

台灣對東南亞的陌生與無視，不僅止於日常生活，連文化交流部分亦然。二〇〇九年臺北國際書展大張旗鼓設了「泰國館」，以泰國做為本屆書展的主體。這下總算是「看見泰國」了吧？可惜，展場的實際情況卻諷刺地凸顯出臺灣對泰國的所知有限與缺乏好奇。迄今為止，台灣完全沒有培養過專業的泰文翻譯人才。而國際書展中唯一出版的泰文小說，用的還是中國大陸的翻譯。試問：沒有本土的翻譯人才，要如何文化交流？又能夠交流什麼？沒有真正的交流，台灣人又如何理解或親近東南亞文化？無須諱言，台灣對東南亞的認識這十幾年來都沒有太大進步。台灣對東南亞的理解，層次依然停留在外勞仲介與觀光旅遊——這就是多數台灣人所認識的「東南亞」。

東南亞其實就在你我身邊，但沒人願意正視其存在。台灣人到國外旅遊，遇見裝滿中文招牌的唐人街便倍感親切；但每逢假日，有誰願意去臺北市中山北路靠圓山的「小菲律賓」或同路段靠臺北車站一帶？一旦得面對身邊的東南亞，台灣人通常會選擇「拒絕看見」。拒絕看見他人的存在，也許暫時保衛了自己的純粹性，不過也同時拒絕了體驗異文化的契機。說到底，「拒絕看見」不過是過時的國族主義幽靈（就像曾經喊得震天價響，實則醜陋異常的「大福佬（沙文！）主義」），只會阻礙新世紀台灣人攬鏡面對真實的自己。過往人們常囿於身分上的本質主義，忽略了各民族文化在歷史上多所交融之事實。如果我們一味強調獨特、純粹、傳統與認同，必然會越來越種族主義化，那又如何反對別人採用種族主義的方式來對付我們？與其矇眼「拒絕看見」，不如敞開心胸思考：跟台灣同樣擁有移民和後殖民經驗的東南亞諸國，難道不能讓我們學習到什麼嗎？台灣人刻板印象中的東南亞，究竟跟真實的東南亞距離多遠？而真實的東南亞，又跟同屬南島語系的台灣距離多近？

台灣出版界在二〇〇八年印行顧玉玲《我們》與藍佩嘉《跨國灰姑娘》，為本地讀者重新認識東南亞，跨出了遲來卻十分重要的一步。這兩本以在台外籍勞工生命情境為主題的著作，一本是感性的報導文學，一本是理性的社會學分析，正好互相補足、對比參照。但東南亞當然不是只有輸出勞工，還有在地作家；東南亞各國除了有泰人菲人馬來人，也包含了老僑新僑甚至早已混血數代的華人。《菲律賓・華文風》這個書系，就是他們為自己過往的哀樂與榮辱，所留下的寶貴記錄。

東南亞何其之大，為何只挑菲律賓？理由很簡單，菲律賓是離台灣最近的國家，這二、三十年來台灣讀者卻對菲華文學最感陌生（諷刺的是：菲律賓華文作家在一九八〇年代以前，一度以台灣作為主要發表園地）。東南亞各國中，以馬來西亞的華文文學最受矚目。光是旅居台灣的作家，就有陳鵬翔、張貴興、李永平、陳大為、鍾怡雯、黃錦樹、張錦忠、林建國等健筆；馬來西亞本地作家更是代有才人、各領風騷，隊伍整齊，好不熱鬧。以今日馬華文學在台出版品的質與量，實在

1 台灣跟菲律賓之間最早的文藝因緣，當屬一九六〇年代學校暑假期間舉辦的「菲華青年文藝講習班」（後改為「菲華文教研習會」）。此後菲國文聯每年從台灣聘請作家來岷講學，包括余光中、覃子豪、紀弦、蓉子等人。一九七二年九月廿一日總統馬可士（Ferdinand Marcos）宣佈全國實施軍事戒嚴法（軍統）之後，所有的華文報社被迫關閉，所有文藝團體也停止活動。後來僥倖獲准運作的媒體亦不敢設立文藝副刊，菲華作家們被迫只能投稿台港等地的文學園地。軍統時期菲華雖無出版機構，但施穎洲編的《菲華小說選》與《菲華散文選》（台北：中華文藝，一九七七）、鄭鴻善編選的《菲華詩選全集》（台北：正中，一九七八）卻順利在台印行面世。八〇年代後期，台灣女詩人張香華亦曾主編菲律賓華文詩選及作品選《玫瑰與坦克》（台北：林白，一九八六）、《茉莉花串》（台北：遠流，一九八八）。

已不宜再說是「邊緣」（筆者便曾撰文提議，《台灣文學史》撰述者應將旅台馬華作家作品載入史冊）；但東南亞其他各國卻沒有這麼幸運，在台灣幾乎等同沒有聲音。沒有聲音，是因為找不到出版渠道，讀者自然無緣欣賞。近年來台灣的文學出版雖已見衰頹但依舊可觀，恐怕很難想像「原來出版發行這麼困難」、「原來華文書店這麼稀少」以及「原來作者真的比讀者還多」——以上所述，皆為東南亞各國華文圈之實況。或許這群作家的創作未臻圓熟、技藝尚待磨練，但請記得：一位用心的作家，應該能在跟讀者互動中取得進步。有高水準的讀者，更能激勵出高水準的作家。讓我們從《菲律賓・華文風》這個書系開始，在台灣閱讀菲華文學的過去與未來，也讓菲華作家看見台灣讀者的存在。

目次

## 心田的詩



## 心宇的詩（一九六三——一九九五）

## 月曲了的詩



## 王仲煌的詩



## 王勇的詩

## 王偉祥的詩



## 王錦華的詩



## 平凡的詩



## 白凌的詩

## 石子的詩



## 江一涯的詩



## 吳天霽的詩

## 卓培林的詩



## 林泥水的詩（一九二九—一九九一）

## 欣荷的詩



## 阿占的詩



## 南山鶴的詩

## 幽蘭的詩



## 施文志的詩

## 柯清淡的詩



## 范零的詩



## 浩青的詩

## 珮瓊的詩



## 張斐然的詩



## 張靈的詩

## 莊杰森的詩

## 莊垂明的詩（一九四一—二〇〇一）



## 許露麟的詩



## 陳默的詩

## 蔡銘的詩



## 謝馨的詩



## 蘇榮超的詩

## 靈隨的詩

## 兩腳如針

把一池春水
扎得密密麻麻地痛
遲到的心情　總是
遊絲織就的薄絹

一滴淚都能擊穿
何況萬千繡針
寫不成書　更繡不成雁行
滴滴點點　晾乾梧桐的清影

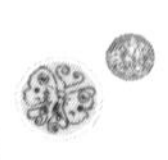



才知那弱不禁風的單薄
是告訴你　真正的心跳
總在於淺嘗輒止

兩腳如針　只在遙遙水面纖纖一扎
圈圈漣漪之輪
已在心深處

## 路

你鋪在鄉間
孤獨嗎？
是否花兒的陪伴

已令你滿足
一雙雙的腳踩在你的脊樑

痛苦嗎？
是否人兒的心願
已令你舒暢
你究竟是為了什麼
展示你的全部
回答我的是你的聲音嗎——
延伸了我和一切的夢想

# 重逢

兩道目光的再次相遇
心靈迸出焦脆的火星

彷彿兩朵流動的雲
交織在濃烈的五月
擴散著石榴花的陣陣紅暈
無垠的太空中
　曾飄下縷縷情絲
寂寥的心田裏
　曾灑下片片甘霖
也許，這一切本是誤會
無情的罡風凋零了秋天的夢

當我們偶然重逢
石榴花依舊那般火紅
平息了苦澀的顫動
相互緊緊地抿住嘴唇

我願你還是那朵迎春
花蕊搖曳在希望的黎明
你說你會化作霓
在遙遠的天際
　伴一輪繽紛的虹

# 一個人的站台

一場似曾相識的雪
比我更早

電子顯示屏上
沒有我要去的方向

許多年前的那一座城市
已在記憶中悄然撤退
許多年前的那一趟車次
再一次晚點

我想用一捧雪照亮自己

卻意外照見一張毫不相干的臉
和這個站台粗糙的輪廓

以及
我等待的那個人
漸漸模糊的背影

## 花朵

門前那棵樹
門前那棵老樹
開花了
開花了

怎麼會孤獨呢

我在喝酒
我在樹下喝酒
我在樹下喝酒的時候
一朵花掉在我的頭上
我喝多了
有點手舞足蹈
夕陽多好
黃昏多麼美
我舉著酒杯
這是一件怎樣的事情呢
老樹呵
原來它也是我的旅人

# 雪

等你　在季節之外
夢一樣輕輕地來
是天鵝　攪亂了寧靜的湖水
是飛燕　喚醒了沉睡的大海
是清風　剪碎了漂泊的雲朵
是音符　跳出了美妙的琴弦
是炊煙　尋找著家的方向
是柳絮　狂寫著春天的序言
是融化的心
是凝固的血
是暖　是愛
是希望點燃的火把
照亮了整個世界

# 鷹

披著晨曦，你矯捷地登上扶梯，
身後丟下一串甜脆的歌聲；
在駕駛室裏，用你深沉犀利的眼眸，
鳥瞰工地上沸騰的壯景；
頭頂，霞光閃閃；腳下，黃沙騰騰；
你呀，像鷹隼翱翔在蒼穹。

吊鉤上繫著你金色的希冀，
吊鉤上繫著你火紅的人生；
吊鉤上繫著你真摯的愛戀；
吊鉤上繫著你對未來的憧憬；
你呀，吊起的是你對國家的赤誠，
放下的，是你對明天的一腔深情……

# 水稻的品質

晨曦中，一縷陽光
深入泥土
觸摸水稻每一根根鬚
一陣風拂過
傳來拔節的聲音

谷熟的時候
日子更加亮堂
握鐮的指節，顫抖出
谷粒落倉的聲音
於是炊煙大膽升起

腳步更加踏實

抓一把金燦燦的谷粒
撒向大地
豆大的汗滴
敲響所有的生命

越是充實
越是深深低下頭去
這就是水稻
這　就是一種品質

## 漢文鉛字

在鉛字房裏
看到
成堆的鉛字
我用手掌按下去
印在掌心的是
殷紅的中國字
那是我的血
流過的緣故

# 單 車

小時候
父親踩單車載我
我吵著
要父親教我踩單車
好讓我載他　父親說：
「等你長大」

長大後
踩著單車
奔波在異鄉
摔倒的時候
我回憶起

父親教我踩單車
「孩子，摔倒不要緊
只要你勇敢站起來」

如今
繼續踩著單車
探索在人生旅途上
什麼時候我都憧憬
能擁有一輛越海的單車

## 母親懷裏的孩子

越過祖先漂泊的海

異鄉生活
歲月也長出了鬍子
又是寂寞的一個晚上
溫習家書
看著
想著
母親抱著我的照片
我還是母親懷裏的孩子

## 象棋

深夜裏

獨自排下棋局
想以前在家鄉
教弟弟下棋的情景
（童年時
走錯的棋步
可以得重新開始）
又浮現腦海

而今在異鄉的歲月裏
我像一隻舉足不定的棋子
又有誰來教我
與現實對奕

# 讀報聯想

早上讀報
浮現在紙上的難民船
一艘艘漂泊在我的腦海裏
而我仰望蔚藍的天空
是那麼的曠寬

當我回首
看鄰居的陽台上
吊在窗邊的鳥籠總是開著
裏面的那些候鳥
卻不飛向自由

# 愛情觀

在酒吧
獨飲
沉醉

面對桌子上
熱情如火的
威士忌
冷若冰霜的
蘋果汁

燈紅酒綠
沉思中

兩隻
都一樣遙遠

酒醒後
我只要
不冷不熱的甜蜜

## 午睡於兩岸之間

這邊看過去是海
那邊望過去也是海
彷彿
兩邊都是岸

午睡於兩岸之間
驚醒
歲月悠悠不是一座橋
搖椅更不是一條船

## 假日偶記

一個假日的早上
在家裏推開門窗
聽時間一分一秒地消失
看兩個兒子天真地嬉戲著
沐浴在自然風的浪潮裏

身邊的妻驚奇地發現
我頭上的幾根白髮
在鏡中反覆尋覓
注視頭上的白髮
我沒有憂傷
只想把這些灰白的
母語和鄉愁
一代傳一代

# 回家

坐在飛機上
心情降落時
環視故國
高速公路
人體般錯綜的血脈
每一輛車都有固定的方向
而我熟悉的情感
縱橫
交錯

# 泥土

帶孩子回故鄉
與父親共享天倫

三代人散步
在鄉間小路上
一種感情讓我蹲下
挖一把泥土
身邊的兒子問：
「爸爸，您挖這些泥土
要做什麼？」
我說：
「要帶回我們的家去！」

# 心田的詩

## 愛情

愛情
有許多已交卷的答案
也有
許多待交卷的答案
我只相信自己的答案
荒唐
惟你理解

## 時間

好賭的人
一次次下注
手指熟練
贏的是金錢
輸掉的是時間

## 門之思

門是人造的
門是自由的

被關的門不是門而是人
人　沒有門的自由
風沒有門
雨沒有門
陽光也沒有門
風雨和陽光是自由的
人造了門
都又往往詛咒於門
於是門坦然宣告
損害我的是人

# 重慶火鍋

我在你沸騰的笑靨前
經不住你的縱情撩撥
先是飛吻
繼而熱吻
接著狂吻
幾乎闖進了無我世界
儘管呲牙咧嘴
裂鼻縮舌
淋漓的大汗
排進了昔日的遺憾
難抑的淚水
填滿了相思的空缺

麻後的快感
撫慰了舌頭的忙碌

## 韓國泡菜

人生如韓國泡菜
當將妙方配製
本色永不褪
日久釀神采
味道更鮮美
站在人生庫房的門檻上
重溫曬不乾的往事
嘗到了人的啟示

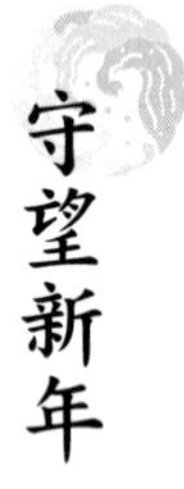

# 守望新年

希冀在忙忙碌碌中探身而過
尋找夢想的腳步永不止息
守望的心情漫過心窩
讓祈望無限
希冀是新年的圖騰
夢想是新年的福祉
努力是新年的延伸
守望是新年的更替
讓黎明的曙光一路灑來

# 開始

有的時候
不妨從謝幕的掌聲中走出來
人說
在開始的時候開始
在開始的地方開始
主說
在結束的時候開始
在結束的地方開始

# 書

當我對一本書的時候
是在面對智慧
面對太陽
面對土地
思維的根鬚延伸入芬芳的泥土深處
陽光和血液流入身體
思想因此紅潤而飽滿
書
無疑是一個精彩的世界

# 家

家　永遠是一幢房子
家　可能是一個肩膀
一個懷抱
一星燈火
每一個倦飛的靈魂
飛得再高再遠
飛不出溫暖家的懷抱
愛就是家園
沒有了愛　家只是房子

# 生命

愛我所愛
是對人生遺憾的補償
生命是真實無欺的過程
精彩的瞬間也能演繹完美人生
擁有生命
踏平腳下所有坎坷
一切都心想事

# 公主柳

我家花園裏有棵台灣楊柳
好多親友說是公主柳
多像文成公主的長髮
綠油油一瀉下垂

三十多年來
我們擁有公主柳的堅韌
我們吮吸公主柳的氣息
我們感受公主柳的情操
我們該怎樣像文成公主那樣
紮根於椰島屋脊
貢獻一點綠
敬奉一份蓬勃生機

它是文成公主的化身
是中菲兩個民族團結的佐證

## 生日

這個日子
在蛋糕深處
陷入奶油的甜蜜
當用刀切著快樂的時候
我的心
以笑的方式
無聲地哭了
哭歲月無情地
再次分吃了我的生命

# 打開一本書

沒有語言
青春的少年坐成白髮的老翁
歷史一頁頁翻過
又一頁頁相似
以一種思想進入
學會思索
隨後　尋找思取
想要得到甚麼
太沉重了
面對一本打開的書
疲倦的眼睛終於說而
思絮
還徘徊在跨涉的路上

# 讀奧・亨利的最後一葉

只剩下最後的一片葉子了
頑強地支撐一個生命
一個希望
多麼重要的一片葉子
一個行將步入天堂門的病人
無奈何地看到從母株飄落的樹葉的
凋零　一片　二片　三片……
歲月無情
病魔無情
命運無情
一個偉大畫家的手
奉獻仁慈之心　人類之愛

讓最後一片葉子不再凋去
希望之火
生命的春水重新回歸心河
太陽懸在最後一片葉子上
閃閃發光

## 記溪頭行

尋源的腳
踏響了山的
冷　寂
蟬　以纖細的溫柔
擁我入懷

水中
劃過一行飛鳥
刻出蒼翠間的

藍天
啊　這就是溪頭

只為無名的執著
走過千百里
走得汗濕一身
走得酸痛雙足
直到橋不見了
　路不見了
環顧四週
竟也找不到自己的
人影
我已豐綠為
水邊一棵樹

一九八七年七月於台灣

# 回家

脫去眼鏡
脫去筆挺的
外套
脫去鞋襪以及身上所有的
衣物
脫去毛髮脫去
皮膚和底下的脂肪脫去肌肉與
五臟

？
靈
呢

？

一個骷髏把房裏的東西翻來
翻去　吵醒了
一臉驚愕的地板

## 緣

——寫給楓

（原來離我已遠——）

我乃一粒沙　一個全然的世界

轉動　如思欲
原來離我很遠　且眺望
另一個舞躍的世界向我
飛奔　（或是我向他？）
然後擦身而過　滾
向不同極的無窮遠
於是又眺望另一個
舞躍的世界

三千年後
仍是風沙嘯嘯　意欲翻騰

# 鏡花水月

## 鏡

——梵寄Y

鏡裏鏡外
如何相隔相異的世界
你我就如此
相遇　於一片冷冷
只能說是相遇
你　在鏡的那一邊
我　在迢迢的千里之外
各有不同的故事
　不同的所在

不同的年代
我們唯有這樣
只因之間站著一片
透明

是怎樣的因緣
與我相遇的竟是一個
幻影
那時　聽說
你已成燼

**花**

無需等待群花盛開
雖然　總是希望

能感覺那時的震震顫顫

二十歲的早晨
一朵花剛開　在窗前
陽光很暖　幾顆透明珠子在瓣上
遙望裏　天邊很遠

四十歲的生日
他帶來十二朵玫瑰　卡上竟忘了署名
白光燈下有柴米油鹽醬醋茶
當然，還有些噪音
和一束花
遙望裏　天邊還是很遠

七十歲的黃昏

突然發現園裏唯一的花
凋零了　於是開始
細細回味花開的
香
遙望裏啊　天邊仍然很遠

## 水

靜靜躺著只因是破曉後僅存的一滴
淚　自我盈盈雙眸流至最綠最綠的
那片葉。終要歸向沉穩廣闊的土地
而復輪迴　為雲為雨為盅內的一陣
清香　在柔柔琴聲柔柔眼神裏沁入
你我，而隨我們做放風箏的孩子，
手中長線伸向無邊無際的藍藍的天

（空也許是至貼至切至圓滿的解釋）
當線斷時　將化回原體，為入夜後
最初最初的
一
滴
淚

## 月

初時　妳輕輕揭起
臉上薄紗的一角　露出美麗的
一弧瑩黃
十五　妳終於忍不住
遂以全裸的姿態迎我
你的瑩黃是最純最弱的

## 容顏

在撼人的相視之後
我們即轉身
在自己的軌道上
各奔前程

當彼此回到軌上那一站　再度相對
才驚然發現
對方的臉竟多了一些
足印

稿於一九八五年七月廿九日
修改於一九八八年六月十九日

# 泡茶

寒舍太小
所以把回憶改成書房
房中唯一的書本
是你愛讀的人間
室內無風雨
人情世事都成了窗外的遠山
寧靜地板上　幾張歲月
是待客的草蓆　等你
撞門而至

荒蕪的桌上
枯葉為我們煮夢
月色有香味　深情可淺嚐
溫暖的燈下
杯子燙手
如掏出來的心

二〇〇二年

## 眺望的罪

放下窗簾
風景慘叫一聲
夕陽即

滾向早晨
窗口
安靜如斷頭台

## 受傷的歌聲

日子比沉船幽靜
放棄的記憶
如世外一間無人問醉的酒吧
傍晚已來
你　能為暮色彈奏鋼琴嗎
我要用受傷的歌聲

叫醒燈光

二〇〇七年

## 眺望

如何眺望
也看不到妳
母親　妳知道嗎
天空每夜扔掉的星子
其實
都是我的眼睛

# 討海

只討一條船
想不到
還加上兩條岸

這片深情
不是海

二〇〇八年

# 晚歸

理由像風中飄忽的那條斷線
但它卻是深夜回家
唯一的一條路
我要如何踮足
穿越不安
走過這座無言的城市呢
在自我失蹤的黑暗中
用藉口　吹口哨
以壯行色
在呼機的星光中
若隱若現的追蹤和譴責
道歉是難度極高的演出

在鋼索上
閃躲每一步自己慚愧的腳尖
從毫無根據的起點
到不知所措的終點
匆匆向你奔來

# 風箏以外

你並沒有像氣球飛走

放手之後才明白
我們之間當時的牽扯
原來始終是一段劇情

二〇〇七年

# 野花

浪漫加放肆
綻放等於燃燒
像深夜顫抖的野火
風的擁抱
我
就是如此陌生
街舞一樣
對你
有意外的親情

二〇〇七年

# 夜讀

桌燈
彎下我的身子
為文尋字

一行螞蟻
卻扛著你掉下的餅屑
像詩句
離開桌面

# 擱淺

書頁翻開午睡
鼾聲把人綁走
於是
斗室如空舟
擱淺在桌上

# 王仲煌的詩

## 月的故事

跋涉了千古
那一輪月
總變不成星
由於，我的嫦娥
已經是，日子的祭品

祭典已開始
那遠方的太陽
又焚燒起寂寞

看呀，今晚，一個個靈魂
正隕落著

看呀，滿月像顆太陽
不，是九顆太陽
照耀著紅塵

看呀，我的嫦娥
在廣寒宮內起舞
昔日，我撥弓，她撫琴
今晚，她唱道：射吧，射吧
今晚，我又把一支長箭
刺入自己的心

# 窗的日記

張口
欲喚童情
霞雲經已奔出
只見旭光佈網
皆不知結局
留下邊界一般
的天際

街上
沒有一人
有意停格於
一張自為永恆

的地圖

幾隻翔鴿
因為突湧寂寞
而墮進夜色
窗方自覺
呼喚天空的方式
　你的燈
　已化身萬千
　為何宇宙的星球
　逐一垂直孤零
　的失蹤著
經過的圓月
似一洞上凌的

井口走進
深夜

## 聖誕燈

日出以前
盡情歡慶
在熱帶炫目
之派對

我們編織
七彩的星圖
讓此眷愛城市

重新華麗

為遲來的你
悉心佈置
聞名於世之
落日光輝

## 島與海外華人

那晚
一座寂寞已久
的島嶼
突然，劇烈浮蕩

它八方的潮汐
也泛出滄浪
拍擊空間

那晚
在不息的漣漪裏
我被它失了根
的吶喊
驚醒

## 沙漏

時空有過
剎那的永恆

如你我
的初遇

計時
終於開始
點點的的的
分解著
我們

分分秒秒的
讓你我的
情愛
又落為塵垢

# 雨

午後下著一場大雨

我抬頭向天說：
天，你真是個怪物
沒有心居然會流淚

天一臉涼漠說：
人，你才是個怪物
有顆心，但不流淚

我的心仰天大笑：
哈哈，大笨蛋

真以為這滿天淚水
是你的嗎？

天俯身來向我說：
呵呵，小傻瓜
你以為你的心
又是誰的呢？

## 失憶

太初，夢是一片混沌
有靈在其間擁抱
纏綿
孕育出愛情

## 結晶

昨晚，一場核爆
震盪了年輪
曉晨，我睜眼
鮮血向空間飄浮
煙化
我看見光

我沒有愛情
我沒有思念
我也沒有時光
我推開窗
看見一片
茫然的人海

# 死亡

天井中，一隻蟑螂掉進水盆
我看著，它劃水向八邊尋路
我看著，沒有缺口
　死亡的圈子
　　當它游第二圈
我看著，一圈比一圈
冰冷、水波、歸沒、泛回……
我看著，痙攣
痙攣——微微——彈出水紋……

我想起功課
離開現場

一盆污水盛一個清白的死亡

# 王勇的詩

## 大愛無聲　中國雄起

引言：二〇〇九年七月四日至六日，中國國僑辦李海峰主任組織「攜手共建——知名僑資企業家四川行」活動，五十多位來自世界八個國家和地區的代表親赴四川地震災區慰問探視獻愛心，接受了一次永生難忘的心靈洗禮。七月十五日含淚寫此詩以誌。

沒有任何一聲提醒
天地猛然打開無數的黑暗大門

媽媽，我無法再依偎在您的懷抱

縱橫交錯的柱子撐開了您我的距離
心在下沉，人在下沉
沉到無底的夢裏
依然有您的溫暖，媽媽！

孩子，爸媽染血的雙手扳不開地獄的黑門
失去你的日子，叫我們怎樣面對你的空曠
你的呼喚，每一聲都穿透殘瓦碎石
穿透血泥骨架，穿透不能穿透的記憶
停留在爸媽的心坎中
還原出一個永恆完整的你

行走在廢墟，輕輕地每一步
都怕踩痛你，和你的同伴們
淚水模糊了眼睛

卻看見一個民族在血淚和死亡的
侵襲下站起來
就像校園內不倒的旗桿
就像漢旺廣場不倒的鐘樓
永遠挺立，永遠堅強

以生命的名義，以中國的名義
告訴你，孩子
不要流淚，不要害怕
大愛無聲，世界已經聽到
中國雄起，世界已經看見
孩子，你們聽到了嗎？
　　你們看見了嗎？

# 魚的復仇

恨不得　整個
讓你吃進肚裏
吃得屍骨無存

只到有一天
你　一張口
心就痛

那是，我在你身體裏
復活

二〇〇七年四月三日

# 蛻變

鳥不知道
天空有國界
飛來飛去
沒有簽證
也不用買機票

魚不清楚
海裏有海防線
游進游出
不管是哪一國的
領海　都當成自己的搖籃

樹才不理會
天有多高
地有多深
隨便就伸臂張腿

把手舞成翅膀
把腳搖成尾巴
把身體站成樹
變成鳥人
　魚人
　樹人

只要不再做人

二〇〇七年三月九日

# 寄父親

一

點三炷香
蜿蜒而上的
煙　是我
給您的信

二

紙錢
買不到航票
天堂
不需要郵票

飄入夢鄉
回到家鄉

三

敬一杯茶
冷熱
您都不嫌棄
漱漱落下的
香灰　是您
在點頭嗎？

二〇〇九年八月三十一日

# 小詩一束

## 瀑布

挺身一躍
崖下
橫飛的口沫
頓時無言

## 桌子

上課時
在桌上畫條中線
分成兩岸

二〇〇九年八月三十一日

下課後
我們結伴
回家

二〇〇九年九月六日

## 出海

用手指頭
畫一艘船
在沙灘上

海浪衝上來
把船帶走

二〇〇九年九月十三日

## 三弦

祖孫三代
總不咬弦

掛回墻上
鄉音夜夜
奪弦而出

## 臉

眼睛被煙塵奪去
耳朵被噪音奪去
鼻子被廢氣奪去

二〇〇九年九月二十三日

舌頭被味素奪去
只剩雙眉
上下掙扎

二〇〇九年九月二十七日

## 王彬街河語

很久以前
我們的清白
明月可鑑

到如今
你們的髒
咒成我們的臭

二〇〇九年十一月二日

## 戰線

你穿過歲月的針眼
編織歷史
穿在身上
血淋淋

二〇一〇年六月七日

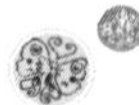

# 王偉祥的詩

## 曲

午後，斗室中高聲
論析命運的實力
你說
檔案簿上的安排
十年前就該依法離境
哦，故事必定很長
請稍等一會兒
我去買包「健牌」
給你潤潤喉

忍住濡濕的霧氣
雙筆齊下
趕一封簡明扼要
並註有　特快郵件
的延期意願書

樓下簇擁著人群
想要告訴你
又逮走了一個
逾期遊客
只是，你已不在

## 王錦華的詩

### 繩子

當年跳繩的時候
數著　數著
我們磨破的鞋子
跳著　跳著
心中不覺
冒出感情的熱汗

可是這條繩子
已成一段往事

恩怨在兩端拔河
評判員判你我都輸了
為什麼觀眾
還在喝采　為誰

## 粧鏡前

日出的時候　把髮梳起
將它　梳得溫溫柔柔
依然無力　無力
把短暫的人生纏繞　繫住
月出的時候　將它鬆開
而時光　永遠是一位

笨拙的　超真實的畫家
它　不分青紅皂白
只懂得畫明年的你
不懂得畫去年的我

讓你和我同時看到的　雖然
是多麼可怕的一面
對著這片虛假的世界
我們還是　還是　還是
強顏歡笑

# 詩舞之夜

是音樂一直吵鬧著
要帶我回娘家
我的娘家　在愈來愈遙遠的
母親講不完的童話裏

是燈光一直暗示著
應該讓他　有一個自我的週末
給他不同的香水與各種聲音
建造他自己內心的宮殿
是時鐘一直叮嚀著
當深夜十二點正
不要忘記把我一隻高跟鞋
立刻扔進　他還未完成的詩中

平凡的詩

## 你我的愛情是為了家的成功而失敗

愛人呀！
分居五十年
最近你不止一次偷偷地躡足回家
雖然從來未曾驚醒過一線燈光
但我熟悉你的體溫
你學遊客把臉裝入攝影機裏
在我更年期的肉體上以各種姿勢遊山玩水
而長年患有白內障的盧山依舊認得你的真面目
當你的國際外匯儲備再一次達到高潮，我只想把你擁抱得更緊

愛人，你是我血液中的紅血球，萬一你惡化為變質的細胞
導彈將以你心跳的速度上升，以台幣的速度下降
告訴你，兒子的牛脾氣一定是你遺傳的
越來越有一點資本家氣

親愛的，我們的
明珠已鐵定於一九九七年回家
根據體檢報告之預言保證
他回家之後的健康狀況將保持五十年不變，而不變的
五十年前我把家讓給你，把戰爭帶走，把和平留在家中
其實你我的感情都是為了家的成功而失敗
親愛的，思念你是台北每一條街道的名字
而回家，一場樹葉與樹根的大團圓
也該等秋風吧
對付晚歸的愛人，穴居人用大木捶是為了找不到語言

而親愛的，你用昂貴的導彈是為了
言語不通？

一九九六年四月於馬尼拉吻浪村

## 蚊子

看你小
看小你
小看你
打死你
流的
又是我的血

# 咖啡

可以不加糖而加心跳
刺激濃得成純黑色
繁榮都在這種緊張的飲料中尋求鎮靜
眼睛　這對自小就留鬚的唇
清醒地失眠著
為了吻不到睡眠

桌上這小小
昂貴的一杯
現代化的休閒
有時生活還會無聲地浮上杯面
液體的鏡

沉思的顏色
深不見底

純黑而濃熱的體香
興奮了每一張鼻
可以不加運動量而加呼吸的次數
可以不加糖而加心跳
不過
上了年紀的人總愛攬起
糖與牛乳的童年
那些白白的　甜甜的
無咖啡因（De Caffeinated）的日子

一九八九年八月四日馬尼拉

## 冰塊之被同化

冰塊一被投入杯中
固體的個性就
一分分地在溶解
杯中的氣候　容不了
冰塊心中一直堅持著
堅硬　透明的形象　以及
零下四度的優越感
一代　兩代　三代
四代也不算太久
液化的過程是痛苦的
杯中的液體
歡迎冰冷的個性

排斥固體的高傲
總之
冰塊一被投入可樂之中
只得溶化為
黑皮膚的冰汽水
被投入啤酒之中
只得溶化為
金頭髮的冰啤酒
而佈滿杯外的
全是晶瑩的
汗滴
淚滴與
血滴

# 攝影機

只要眼睛一閃
心中就能記憶下整個世界

宴會
所有的宴客從天邊海角近來
爭前恐後地
擠進這僅能容納一顆眼球的窗口
以真空色的菲林
把全世界的人洗成薄薄的紙
展覽在相簿上，慢慢分析一張張似
臨時佈景一般現實的
匆匆裝上面頰的笑容

照片
簡直是犯有殘疾的錄影帶
又聾
又啞
又行動不便
一張只一厘米平方的底片
偶而也有餘地容納了一個
宇宙
看太空的天
一個星球
活著是一點光
死了是一粒沙
人類在二度空間的復紙上爭鏡頭
地球就比他們口袋裏一枚最小的錢幣

更小

# 單程車票

輕軌鐵路
只往前開
上車處是童年
下車處誰知

每一站的歲月都不同
窗外　季節連接如鐵軌
緊扣的鐵軌是命運互握的鐵腕

一九八三年八月九日於計順市

扼緊方向
遙控著終點
快樂是一種速度
把昨天與今天之距離
縮成一秒
悲哀的高溫卻
膨脹了時間的長度
這一刻竟然就是永恆

一寸時間　一寸路費　一寸生命
單程票是人生
回程票是宗教
女士、先生
全往

明天　明年　老年或未來
的搭客
帶在你腕上的手錶
就是生命的計程表

## 龍的傳人

長江三峽的浪
是由億萬塊破鏡浮雕而成
浪的性情是激動的
浪以下的生物是冷血的
浪代表江水億萬聲的不平

黃河的水
流動著十億的散沙
誰管得了
再須經過
幾個五千年
這些散沙
才能團結成
不受激流帶動的
磐石

一九八七年一月十四日岷尼拉

# 畫一幅臉孔

頭髮是葉子
額上的皺痕是葉下的陰影
眉毛是幼苗
眼睛是果實
（貪睡的樹是沒有果實的）
鼻子是樹身
鬚子是樹根
口唇是地面的裂痕
（水自此灌溉樹根）
牙齒是樹根下的卵石

臉是大地
頭是地球

# 白凌的詩

## 蚯蚓

來自龍的故土
離家已遺忘年代
在時間的泥濘中打滾
唯一的尊嚴是
埋首於黑暗的蠕動
受之父母的體　膚
放任宰割
吞忍是造化的惡作劇
一把鋒利的刀刃

切割日子
蚯蚓　你的別名是華僑

## 海　誓

海浪把一首歌
重複吟唱
把歌詞
鑲鑿岩石上

二〇〇二年七月二十五日

## 收藏家

大地是歷史的收藏家
一陣大霧
便把它打包
留給時間的手
解開

## 蟹與蝦

蟹橫行著
卻不能一世

蝦呈龍狀
卻不能騰躍
不管是爬
不管是趴
只能躺在異鄉的彩盤

已是歲暮
煮一罈紹興酒
心事隨酒香
裊裊昇發
當罈空而腳步
踉蹌
我是蟹
　抑是蝦？

# 卡拉OK

桌上擺的空杯子
是怨婦的望遠鏡

時間總在太陽掉落於海
煮成黃湯後

酒是漢子的海
波浪興起時
杯子便容納潮汐

當滑喉的酒精
正在起火

酒釀的歌聲　吵啞地
洩漏梗喉的心事

## 印泥

許下諾言前
總要深吻妳
讓妳的唇紅
烙成我一生
不悔的誓言

# 牆

不同的膚色是人類的牆
分割地圖
殊異的文化是思想的牆
分佈在溫柔的水上
深入心靈的源頭

只有膚色剝落
讓漫漾心頭的水沖走
牆才會遁隱

一九九五年十一月十六日

# 如浪

牽妳小手　上船
船便忍不住
搖動整條河流

從妳的眼神　上船
船卻激動
如浪心事

只有忽來的雲雨
打濕妳我
打濕時空

一九九二年二月二十七日

# 陀螺

——我是陀螺，你是鞭子

你緊緊的擁抱
是我唯一的依賴
用思念打紮的繩索
是一條遙控的長鞭
即使出走
日子的輪轉
也要你遠遠地
牽引

# 異鄉人

從小我就很喜歡海。
或許，因為我生長於千島之國。
隨波逐浪使我有一股遠游的衝動。只是茫茫大海，卻找不出乘風破浪的方向。
稍長，一些忘年的掌故，使我發現海擁有許許多多秘密：也許，更有靈犀一點。
從此，每一放學，岷里拉灣的堤岸便成了我禪坐的蒲團。
禪坐而不能入定，我心深處是海不靜息的波浪。
土生土長使我懵懂，懵懂使我純樸執著，而世故卻使我長大，且增添了一些淡淡哀愁。
據說：「北極星是我回歸的指南。」多麼遙不可及與模糊的路程。
我凝視著似霧籠罩的彼岸，聆聽潮汐拍岸的訊息，隱隱裏我聞到兩種鄉音，兩種令我難懂又陌生的鄉音。
兩種鄉音使我無所適從，彷徨揣測。
兩種鄉音使我心跳成疾，成為一種心跳不止的絕疾。
看海浪載動千年歲月，卻依然翻騰。
看蒼穹撒落萬丈紅霞，也仍然璀燦。
看歸帆把整個海的疲累栓住碼頭。
看一輪紅日壯烈的海葬。
而這些這些，隨往前推的潮流、流入我的眼睛。
而這些這些，都是我僅僅擁有的。
而我只是流浪天涯的異鄉人。

一九九〇年七月二十日

## 月盅
### ——地出土了

內心那深細的感受
依附著凸凹的杯表
輕扣
托捧的雙手
是緣於杯體那泥化火燒的歷歷往事？
是感於杯表這翼飛雲籠的渾渾天宇？

匍匐的十指血肉

環繞發熱的杯身
來回地叩問　詢探……

莫就是
你液化
摘放　在盅裏
我唇啜喉嚥的
這枚滿月

## 駝越這斷層

驚眼見她
粗壯的左臂
深陷的左背

高聳的右背
縮痿的右臂——啊　這斷層！

展示
命運——以無可抽身
挽退的事實
挑戰
我的雙眼——如何駝負穿越

唉唉！這右掌……
只三個指頭？
　　心……快速地
　　　下墜

但她
卻含笑轉身

伸出雙手
接過獎牌還有……還有我

謹致天生殘而不廢，熱心公益的某公立醫院的女醫師。

## 雪地來的扁舟

薄紗下
依稀看見
雙眼闔著
口
因乾燥而開裂……

時歲的長隧
傳來　這一幕的聲聲招喚！

重拐畫筆
再入生命的雪地
俯視
長紙上沒膝的白雪
曾經　曾經
陽傘下
她面向著的身影！

心緒和畫筆相支柱著
在藍、灰、白的
冷世界裏：
薄紗下　緊閉的雙眼

乾燥而開裂的　口
懷裏血紅的玫瑰依舊
雖去猶睡
她躺在長紙扁舟裏
在二〇一〇年的
陽光下
繼續
飄
盪

觀莫內的第一位太太也是最心愛的模特兒的三十二病逝後的最後一幅肖像，特別令人深思的是畫家終其一生未曾落款。

# 母親的手

母親的手
粗糙
如砂紙

那雙生活多向雕琢的手
上山下海
操勞著日子

每次握手
就是一則則山沙海水的故事
心口總痛著：媽！您手怎麼這樣粗？

總不敢問
怕眼又不爭氣地溼了
怕老母臉上的風霜
更深了

## 鐵絲網

隔著
牆外
與
牆內的
世界

高高地牆上
五條
鐵絲網
在漫開的籐花下
成了白頭翁跳踏的
五線譜

隔著
牆內
與
牆外的
世界

鐵絲網

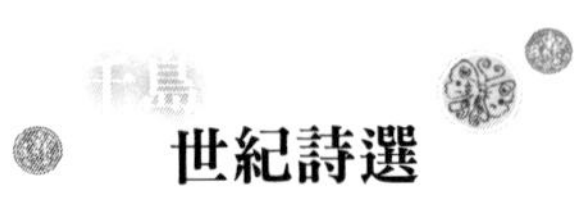




和早晨咖啡杯旁
牆外的社會版
怒目相向！

# 江一涯的詩

## 若水

如果
變化是因為環境
是方的或圓的或任何形狀
是軟的或硬的或可以穿過
是薄的或厚的可看到高低的
是透明的原始或是
滲透了的顏色
從內到外
從上到下

感觸到的到底是怎樣的變動？
望著眼前的一片大海
我用手托著這一滴水珠
濕的又會是什麼呢？

## 落日

向晚的路上
海的遠處
一直望盡末瑞
一團火球
滾在風裏
輾過浪角

染白雲變色
年輪推紅日
上上下下
光明和黑暗調配著過日
下去是為了上升輪迴的精華
隱藏時
為了光明的儲蓄
朝陽的活力
大地的重生

## 是 非

世事本是是

世事本非非
圓的地球裏轉著你和我
從我端移向那端
還不是從原點到起點
圓外以外又是圍圓轉
定上圓規率
距離數據也算不了准
最近的相對大約數
大於等於
小於等於
無止絕對值
無限小數點循環
差距就這點之間
是指左的或是右的
屬上的或屬下的

不可由人為
那又由誰決策
用誰定義？

## 五月

花車行過
帶著佛手
粗黑沉重的十字架
用手臂和許多許多的十指盤纏著
五彩繽紛的人群
人頭湧動
腳尖　肩膀　頭顱

旌旗　燭台　神像
一陣又一陣
不可辨別的聲音
起伏
大人的臉孔和小孩的
男的和女的
用一樣的眼神
注視教堂
注視十字架
以及花車頂上的那尊神像

熱日當空
擁擠的隊伍
依然
踏破路面更破

走在這不平的路上
想著過橋後能走上一段平實的道路
從日出走到日落
一直到人群模糊
路在腳下
繼續
手死死地摟著十字架
一動不動了
佛像依然
人　散了　鬆了手了
十字架上能留下什麼？

# 守護

## ——寫給亞米利堅墓園的戰士

莊嚴聖潔的
翠綠軍裝披上大地
白色透過赤裸
一排正直瞄準探視的來客
彷彿訴說著下場的功勳
殘忍的榮譽
六十五年過去了
在我還未出世的年代
用正義蒙蔽
甚至欺騙你的青春
你的勇敢

用使命喊停你的生命
告訴我　當你走出家門的第一步
你知道什麼？
又是為了什麼？
當一切恢復平靜
精神與靈魂
一起沉澱
塵埃落定時
人不見　骨無蹤
花名冊上的記號
重複著
印在這白色的十字架上

# 吳天霽的詩

## 穿音符的人

妳從澎湃來
妳從朦朧來
妳的髮一晃，眸光一閃
就可以聽到
Do Re Mi
妳迴旋著，迴旋著
隨著和風在空中
跳芭蕾，穿音符的人
在我心中叮噹響

妳迴旋著，迴旋著
在空中一跨步
從我臉前掠過
我鼓起手腳如翅膀
隨著節拍的餘韻
飛舞去追尋
穿音符的人
已無影，無蹤

一九六二年於宿務

# 失業

我和妻
被孩子們飢餓的
目光委屈著

陽光亮得太眩目
很多人的鞋聲
衝擊著我的腦袋

我的表情顯得太侷促
我是第三流的小丑
在街上，在路旁
乍然看見：

我在垃圾桶裏發霉的名字

# 家在千島上

我們的家
散落在千島上
朋友、親人
划舟相探望
起火、圍坐
在沙灘上
飲椰子酒
用最親密的母語
講盤古開天
女媧補天
講，羿射九日
夸父追日

與晚潮同讚嘆
多美麗的神話啊
神話多美麗
已經是遙遠的年代了
只在夢裏
與我們相依
及至明天
晨曦爬入窗內
摸醒我們
我們看到的
仍是一大片海
漂浮的島嶼
我們想到的
仍是曝曬漁網
修補舟楫

# 鞋印

你出走的鞋印
我始終把它保存——
在門口
我童年的遊戲
乃比一比
你的鞋印，我的腳印的大小

你還記得不？向右邊
離門口不遠處
那棵小小的椰子樹
已經長成
公立學校的旗桿了

而你的鞋印也已陷成
好深好深的窟窿
我的腳也陷
在那裏面
四十年也陷
在那裏面

一九七九年台灣《聯合報》副刊〈聯副三十年文學大系〉
——「抒情詩卷」

## 耶穌的懷念

十字架上

我垂下頭
母親的臉永遠年輕
看比想
更遙遠

更遙遠的是父親
如傳說中
第二次的降臨
從十字架上
抱我下來

一九八三年

# 機器人

從此，機器人
集體去佔領
所有的工廠
一粒螺絲釘
也不曾損失

於是他們笑了
只有機器人的順從
準確和速度
可稍微餵養
他們的慾望

西方或東方
人逐漸被遺棄
終被推倒
一垛牆下
靜聽牆外死亡的呼喚

飢餓是滋生
力量的地方
未來的一場大劫啊
是人與機器的
殲滅戰

一九八三台灣聯合報系《世界日報》副刊，
美洲版一九八四年《台灣商工日報》

## 故鄉

從來沒有人能破解
嬰兒離開母體時
哭叫的訊號：
捨不得母親的子宮

二〇〇二年五月於岷尼拉

## 神話

你們已經學會
鑽地、飛天

還在尋找
我嗎

還在為我
不同的名字
不同的故事
而互相殺戮嗎

一閃一閃的光
偶爾亮自
你們的心底黑暗處

我是
那光

二〇〇八年四月

# 浪起山走

浪起
因為
星月落下
山走
因為
平原來了

一九八三年台灣聯合報系《世界日報》副刊・美洲版

# 卓培林的詩

## 煙花

一顆顆
雀躍的心
很想
飛上天
剎那
美麗的光彩
消於夜幕
歡樂的背後
一曲壯麗

「挑戰者」的悲歌
看流彩
溢滿星空

## 冰淇淋

五顏六色
的熱情
裏面的
冷若冰霜
吻妳
熱與冷的擁抱
溶化掉

一顆顆
寒冷的心

## 母愛

小時候
長長的冬夜
在北半球
不懂得寒冷
母親的懷抱
孩子的暖火爐

千島的三月天

熾熱的風情
憶起
故鄉的夏夜
母親趕蚊子
　的扇子

## 金　魚

風生水起
美麗音像的錯誤
注定千年的枷鎖
沒有
大江大海的洗禮

妳
溫室中的優物

兩三株假水草
幾顆虛笑的小卵石
伴著妳
透視人類的欲望
卻
解釋不出
鎖在方寸中的愁

# 最後一滴淚

——詠燭

你怕
寂寞的黑暗

於是
點燃自己
溫馨了人間

直到
一縷青煙
離開最後
　一滴淚

# 時空的光碟

注滿生活
腦海拼湊不了
破碎的音像
聲嘶力竭的世界
令人們
不能停下來
靜心
塑造自己

## 岷灣落日

傾盡全力
用紅霞
染滿岷灣
金風婆娑椰林
細浪碎波
搖曳的漁火
留不住
黃昏迷人的風采

揚起頭的波章
追不上妳
最後的一抹餘暉

晚風嘲笑
蠕動的車流
沒有七彩的光弧
怎能襯托
美麗壯觀的
岷灣落日

## 茉莉花

天使的羽衣
漫入
天鵝湖的翠綠
朵朵飄香的雲

純潔而樸實
與百花
談戀愛的季節
而妳
簡單亦是一種美
以天使的倩姿
三百六十五天
奉獻

## 廈門環島路縈思

彩色的路
乳白的沙灘

會展的雄姿
笑迎天下賓客
藍天碧海
自由的海燕
翱翔兩岸間

休閒的
少男少女
放風箏的孩童
歡樂的背後，不知
老奶奶的愁
咫尺天涯
多少思念的淚水
望眼欲穿，多少年

潮起又潮落
但願，人長久
盼
失落的孤雁
早日歸來

## 鵝卵石之禪修

圓潤光滑
從原始到現代
磨掉多少稜與角
什麼時候？
流失在歷史長河

解脫而禪修

你沒有了野氣
失掉了鋒利
性懷溫良
像情侶風花雪月中
那麼一丁點兒
個小逗號
棲息在盆景台上
絕不是生活的句號
以異樣的光輝
瞧破人世萬千
遭受磨難的痛苦
你以過來人的眸光
閃閃的光澤

向人們
要訴些什麼！

一九九二年十月六日

# 林泥水的詩

## 雕龍

這家小藝舖
曾雕出一條條金龍
蟠住海外耀眼的丹柱
老師傅
趁西邊還有殘照
以缺水而結繭的手
把先人留下的工具
遞給兒子

接刀後
新的龍柱
隱約呈現蜥蜴的麟爪
新的香案
無復八仙飄擺的長袖
清明節
老師傅指舊祖龕：
「兒呀
那是你祖先雕的
老早從遠方涉水過來
看
這才是一條龍
好寸頭
透過雕刀
你祖父的手曾拗過我的手

我的手也拗過你的手
日子近了
我的手將像祖父
在墓穴中朽成枯骨
……」

少年人
唯唯諾諾跟著上了三柱香
一陣子聒絮
隨爐中裊裊輕煙
晃了幾下就薄薄淡去

# 可愛的破三絃

「龍的孩子
在這個時代
耳朵塞滿機械的嘈聲
祖先傖俗的叮嚀已遠去
僑校的課堂
漸難聽到純正的鄉音

這裏有數把自稱的好琵琶
傲然懸在壁上
面向高空
不彈也不唱
遠不如那可愛的破三弦

彈斷了線
唱啞了腔
還累年積月
為孩子述說龍的故事」

## 終站

崇福寺響起暮鐘
寥寥的送終人
緩緩自南門來
沒一聲鑼鼓
沒有一滴眼淚
推入壁間舊穴的軀殼

像一隻河底爛去的田螺

養老院前後
叢塚間的小徑
和聲的跫音已渺然
踽踽獨上涼亭

欄外
夜風搖著衰草
寒空懸著缺月
斜坡下的煙火處
籠一團冷漠的氤氳
層層嵌金的墓堂
嚴森森扣上鐵門

你走你的路

我再跨一步便是盡頭
時空如是促狹
乘餘力尚可劃燃一根火柴
趕明兒
決罄盡你我共積的濟金
焚一座雙面護廊的紙龕
履行床邊重復的
約言：陽間沒有住過自己的房屋
　　姑妄建於幽界
　誰先到站
誰就看守我們的住宅

# 鴿的聯想

早晨
藍得發油的天空
習習清風
有鴿群飛起
輕輕然兜浴初陽

安祥中
燃根煙
噴出煙圈
透過窗口鐵絲網
窺望遠方氳層
粒粒黑點掠過線條縱橫的方窗

驀然
自腦際浮起
結隊的飛機
雷達的經緯
而香煙也含有火藥味

## 馬年比馬

書案上那匹馬
雕姿奔騰狂嘯
尾鬃潑放
前蹄聳躍
這塊從山上砍來的木頭

猶在堅持回歸原路
為呼呼天風響自耳邊
有鬱鬱蒼巒掠過眼簾

車座前那匹馬
神態垂頭喪氣
鼻樑穿轡
脊背受鞭
這件在廊中養的活寶
永不自主繞走老道
為牠思量
只萎萎枯草聊充飢腹
只濁濁飼水藉解渴口

# 渴待春雷

島國的氣溫
春冬不大變動
而去年九月至十二月間
人們卻殘喘在悸寒的嚴冬
料峭裏的銀花火樹
縮瑟於危危的樓窗
這飄雪的季節
有幾人添裁新裝

爆竹聲起
嗶咧啪啦迴響於子夜的高空
我們推想

北極冰山即將解凍
困在地上的冬蟄的昆蟲
正期待另一聲新的雷鳴
每一度殘冬的鞭炮
總敲醒破碎的幻夢
在兒時依稀記憶中
當新雨灑遍家山
遠方的崗巒亮麗明朗
田壟披上油油的衣裳
暖暖的水池
鴨子在游蕩
綠綠的枝頭
黃雀在歌唱
春深的三月天
那時江南已鶯飛草長

而此時島國的氣候
春冬的界線　仍然是
一片茫茫

# 欣荷的詩

## 第一根白髮

是生命已開始老化
或是你承擔了我全部的憂愁
一頭烏絲千萬根
為什麼　只有你
比我失血的臉龐
更　蒼白

# 死別

我願意跨過死亡
放空這一段記憶
沒有僵硬的表情冰冷的唇
因為真愛
流著淚放你自由
沒有電擊　沒有強心針
綑綁你的繩索
隨著你心最後一聲嘆息
鬆開

只有我
在時光之外

仍能觸摸你的溫柔

註：二〇〇六年十二月六日，一生的最痛，謹以此詩紀念先夫

## 謠言

風　起傳說
風最善於把聽到的
吹送至四面八方

雲　湧是非
雲等到風來
迫不及待地把自己

化成一陣雨落到人間
刮得你　面目全非
淹得你　手足無措

風起雲湧
無知的孩子們
隨風起舞
拍手叫好

## 飲　者

聽你狂歌

看你狂飲

他們說
你把生命當骰子
想擲出自己喜歡的點數
他們說
你把生命當車輪
架在高空的繩索上
聽你狂歌
看你狂飲

我說
來！乾了這杯
活出自己

# 生命之舟

生命原是五彩拼圖
小舟行過奪目的燦爛
酸甜苦辣從槳下划過
所有的漣漪
在靠岸停泊後
仍是我能負荷的
回憶
因為回憶是你

# 假牙

毫不留情地拔除了
三兄五弟
祖屋
還留著未乾的血跡
你們就住了進來

真假有別
怎能親密咬合

假的死的　你不會再痛
痛的是我
雖然格格不入

張開嘴　仍然得
微笑

## 不了情

沉睡之夜
我點燃一朵夢
見你向我走來
百次　千次
帶著讓我醉的笑
眼是一湖潭
又一次

我溺死自己

夜　醒著
只見你遠去的背影

我撚弄一個夢
用淚水將它淹沒

## 毀　約

最後一次　展讀
生命裏亮麗的記憶
終於確定

已傾所有付出
走過青春年少
曾經為你苦愁　為你顏歡
從此　封塵
不再翻閱
心的渴戀已枯死
火　燃燒後　只剩灰燼
從此　沒有從前

# 夢裡夢外不是夢

心形的　火紅的
唇印
烙在臉頰
千萬伏特電流　點　擊
我最初的　唯一的愛人啊
五十年前的吻痕
至今　仍閃亮如新

訴說盤古開天那一刻的相遇
瞳孔裏閃亮的光
隨著你的身影
擴大　再擴大

開了我靈魂之窗

從此定格

沒有同床異夢
只有異夢同床
夢連著夢
你永遠是我夢裏的夢

夢裏夢外
夢不是夢

月曲了王錦華異夢同床新書發行會有感
二〇〇七年九月二日

## 家外·青山

總有這麼一個衝動
每當與你面對

看你靜止不動的姿態
凝住　千百年的言語
欲說還休
就這樣　與我對望

以從容大氣的姿勢趺坐　如磐

以桓古的嬌艷嫵媚　釀我心醉
可我只想著如何把你擁入懷中
深深地嗅吸　沁我心肺的芬芳
你呵氣如蘭清香輕送
教我跌進你的醉人迷思

而你就是不動　如山
任由我如何地注目凝視
肆意地　與你對望
讓儲存千百年的靈動
在你我之間盪漾

縱使你不曾對我眷顧
我亦是止不住心底的衝動

思想著如何能在這一刻
把你擁抱入懷

## 月圓時分

每當在月圓時分
見到那又圓又大的月亮
總有一份莫名的衝動自心底湧起
我知道那是一種召喚
　要我歸去
　要我歸去

去看看被歲月燻黑的祖厝

祖厝門前被摸得光光滑滑的石獅子
去看看祖厝廳中長案桌上
祖父祖母的眼光依舊那樣慈祥

去感受一回兒時的歡愉
那光景今天想起來猶教我有落淚的悲愴

再去踩一回祖厝門外的石板路
這條幾代人都踩不平的石板路
坎坎坷坷曲曲折折地通向村前的山上
山上有我父母的墳

如今我知道歲月果真有輪迴
逝去的感情有一天會再甦醒

我從心底感受得到
每當在月圓時分
那個又圓又大的月亮
她是在向我召喚
　要我歸去
　要我歸去

## 母親

我猶記得
小時候吵著母親
要買冰糖葫蘆

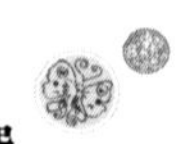



我猶記得
母親盛了一碗花生仁湯
給我放學的時候回家吃

我喜歡的
母親總會設法給我
而我不知道母親喜愛什麼
因為她捨不得給自己花費

我把冥錢燒了又燒
也不能消除我內心的愧疚
因為直到這個時候
我猶是不知道母親喜愛什麼

# 童年憶記

往事逐漸模糊
記憶抓不住腦海中的影像
池塘裏的青蛙忽然跳了出來
咯地一聲叫醒了三更的朦朧
月色中蟋蟀喧嘩
母親挑亮了油燈
我看到她的滿頭白髮
與我今天一樣
皚皚如雪

# 等待

我敞開的胸膛
就為等待這一刻

一陣山風掠過
你終於擺脫所有的糾纏
輕盈曼妙地縱身一躍
裊裊搖曳　翩然
投我而來

我就為等待這一刻
從你的幼苗破土而出
直到你的枝幹撐天

但我知道你總有一天
會回歸到我的懷抱

等待是一種信念
因為我知道你是落葉
我是泥土

## 根

我只是讓你看到
青翠的花葉
在春夏裏　招展
粗壯的枝幹

在秋冬裏　抒挺
一切景象
在視覺的鏡頭下
總是如詩如畫

你不會見到
我乾枯的根
正使盡渾身力氣
扒開泥土
為生存　尋找
每一滴水

# 南山鶴的詩

## 握手

「果子青青的時候
我是早到了一個風季的過客
果子成熟的時候
我是遲歸了一個冬夜的旅人」
——最初的故事（一九六一）

輕輕一碰，不敢緊握
那曾經理亂少年愁的一隻手
怕的是陌生的中年

又握出一個不該的緣

我們都老了
我已非我，妳也非妳
只有一本薄薄的「戀的哲學」
依然不合哲理地
在遺忘間又記起

廿五年風沙崩潰不了世俗
望遠只能看到前塵，看到往事
看不到自己身後的蕭條

如果真的是歸去來辭
就請帶走我兩袖的清風
在回歸路上每一個驛站

趁涼，趁涼

一九八七年十一月

# 默劇

導演椅上空空
空得可以收納逼真的眾生相
以及場記沒有內容的滿紙掌聲

錯誤了前半生初次登台的怯怯
伸手默默，握手默默
謝幕本是一種交卸
原是劇中人的觀眾

要用甚麼表情演完後半生

一九八八年八月

## 杯酒人生

或許你也曾試過
也曾舉棋未定
壺中歲月疾馳如生命列車
剛剛接近這一番風景
望出去已成一點綠

妻常勸說
既然辛酸苦辣不勝負荷

為什麼不停杯
只因我還喝不出其所以然
就像人生

## 比薩斜塔

如果你是直直的
像我的脊椎
天空早被你刺破
歷史七景剩六景
你就不會看到我的背影交叉
無人俯拾的米豈止五斗

你卻還選擇斜斜看人生
讓人生也斜斜看你
否定了幾何代數
也否定了人生幾何

日出斜斜，日落斜斜
人立靜等待靜立人
既然鐘擺已停，車笛催發
何必堅持要爬上去
掛一個時間

# 寄平凡

終於來到最不想涉足的地方
而且來了三次還不敢
看你的陌生、看你的靜寂
只能用一束美好的記憶
送你瀟灑走完最後一程

我知道你在長方形的小天地
應該還想寫詩，應該還想飲酒
在默數永恆的時候
找一個可以乾杯的人

我真的好想、好想

電話響起的另一端是你
讓我對你說聲謝謝
謝謝你的這份友誼

後記：「平凡」是一個極不平凡的人——施清澤的筆名。他的豪邁、誠懇是我一生所僅見。
——吾友、何時魂兮歸來，與我共醉，即使在夢中！

## 蹣跚的記憶
### ——贈林偉念同學

你沒有帶來飄雪
我依舊以兩袖清風與你握手

陽光已經是熟悉又陌生
照耀的還是我們蹣跚的記憶

舉起杯盡是往事
再飲還是往事
有時盡總是不堪回首

你走的方向是不是風吹的方向
街頭巷尾我又惘然

五十年一聚
下次的約會又在哪裏

二〇〇三年二月十日

# 鏡子

不慎掉落一面鏡子
觸地竟成片片童真
勉強湊合起來
依稀只能照見
一條條重疊疊的無奈

如果真能把鞋聲留在都市
以及一些文明的渣滓，世俗的塵埃
在不懸酒旗的沙灘
赤足或許可以踩出山海的呢喃

一九八九年五月四日

# 理想

稍為懂事的年齡
就把理想鎖在抽屜裏
幾十年靜靜地過去
忽然想起是探望的時候了

它不知何時溜走
來迎接的是
一張老人卡

二〇〇三年四月十四

# 老人卡

清晨起身對著鏡子
看不到自己卻看到你
微笑中帶著一份成就感
還加上一份失落感

你已經贏定這一場爭吵
就讓輸家與夕陽把臂論交

問人生煩惱
可否也打個八折

二〇〇三年四月五日

# OMAR KHAYYAM
## ——向波斯偉大詩人敬禮

我認識你的時候
是看到你把天文、數理
還有酒和哲學
都注入四行裝框
掛在歷史

兩種古老的語言
交織成貫通千年的橋樑
如果不是造化弄人
你在那端低吟
我在這端推敲

輕輕一擊掌
早已成莫逆
是你要寫序
還是我寫後記

二〇〇三年六月廿日

## 光陰

營造
千千座回憶的城堡
是往事
鍥而不捨的製造者

攜帶悲歡苦樂
為生命的每一個
　小節奏
演繹了浩瀚的人海世情
貫穿了千古的人類史冊

# 死別

沒有隔山
不用跨海
距離的尺度
是一轉輪迴的來生

來生的遙遠
是今生的盡頭

二〇〇九年十二月

# 舞

您邀我翩翩起舞
卻於曲末終人未散時
告訴我
這該是人生舞台上的一隅
或劇情中的一節……
……
沒有曲終的歸途
唯有落幕前
那一晃
銘心的緣份

# 夢境

又與您相見
在晨昏無從鑑別的時空中
坐在分辨不出方位的小角落處
伴著您重溫那年年的往事

我們沒有預約
祇循著心靈的指標
相攜遠赴了的一場
匆匆約會

# 青青草原上

這裏
柔柔的小草　綠著
徐徐的冷風　吹著
它們可塑造我怡靜的心境

這裏
朦朧的遠山　望著
蒼茫的長空　展著
它們可供我畫一幅陶醉的景色

這裏
幽閒的黃昏　靜著

繽紛的夕陽　照著
它們可讓我寫一首美好的人生

可是
這裏能讓我看到的
祇是您長眠的地方
我所留下的
盡是沉重的腳步

## 時光

大家都這麼說
時光如流沙

祇有消逝
沒有回流

真認為它如峭壁上
　迅速滑瀉的飛沙
更確定它是那沉澱在溪裏
　默默消失了的沚沙

唯獨不知道
在我的心湖中
它原來是一撮不定的流沙
屢屢無情的攜起往事直跑
偶爾又挾起沉重的記憶
滯留不前

# 太陽

擁抱一顆燃燒的血心
展放光明磊落的萬丈情
世界因著它的壯烈
而光輝
大地由因它的熱情
而溫暖

當它疲憊欲回歸的瞬間
猶情重的把生命的一絲餘暉
遺留在人間

# 太陽

保養了千年不變的風韻
豐肌又艷顏
持續世紀不衰的運作精神
朝自東升
暮從西沉

人類獎賞了它兩個美麗的名字
稱它落日
喚它夕陽

奈何它眷戀的
仍然是那條萬年的歸路
地平線

# 速度

熱情的速度把地球
縮小了
環繞它一週
已不再是人類受困的侷限
倒是生命依然自我受困在
侷限中
因著那些歲月
無情的速度
磁浮的列車以速度
跨入萬里運行

唯有人生的侷限
仍難延長到百年

寫於二〇〇七年五月

## 信箋

重複又徘徊
萬般皆為重溫
字字結串的深情
卷紙因思念
挨不過歲月的催殘
而晦黃

音容無奈遠在莫能追尋的
虛幻處

唯有在
筆劃裏能再聽到您的語言
語言中得以再親近
您宛在的音容

二〇〇九年十一月

## 木魚

一室清淨
沒有小風波
琉璃缸畔
一尾小木魚
遊游自在
如魚得水
南無阿彌陀佛
得魚忘我
出神
入定

# 刻玉

琳琅觸目
肌膚綠透骨
胴體玉豐腴
古典現代了容顏
媚眼欲睜還瞇
曲肱而枕之
如海棠春睡
玎瑲一對兒
玲瓏剔透良宵
一刻千金

# 觀夢

到了夢的盡頭
自驚艷中
一翻身
一床春光乍洩
望眼欲穿
一絲不掛紅塵
如出水芙蓉
浮生倒影綽約
繾綣原形出竅
在水一方休之

## 賞畫

相互懷抱
肉體已睡蓮
幾繭荷葉
棲蜻蜓兩隻
一室空寂寞
體態慾動
骨子裡頭
一聲藕斷　絲連
如情竇
初開

# 瓷人兒

看你們像愛神入神
看我們的眼神出神
琉璃春宮
一對瓷人兒
鴛鴦枕睡
不羨仙
一枕半生緣
一睡半世情
觀感轉眼間
有如一輩子

# 如夢令

他與她
好想蓮藕並蒂
一水之隔
好像異床同夢
流水落花春去也
去唐朝吟詩
半生癡夢迷蝴蝶
去宋代唱詞
這次第
怎一字想字了得

# 讀書法

這一字
無的實存觀之
這一筆
空的妙有觀之
書法沒有法門
如何普渡眾生
行書臨摹大般若經
讀一小方古印
揭諦
法度無邊

# 畫畫

畫真善美意識
畫形態點線面
一點點真假
善惡一線間
正面是天國
反面是地府
一紙之隔
人在其中
生來
死去

# 指男針

西方墜落的月亮
投影子千萬年
太陽從東方升起
影子一個疊一個
圓形突破四方
南征北伐
八面威風凜凜
方向中的方針
指點江山
令她們臣伏

## 童心

走進去
童年就在那裡
好像白日夢
迷失了世道
找不到小時候
從玩具城到古董店
到了青梅時節
竹馬驛動了
心
不在焉

# 太空愁

宇宙無限時空間
別有黑洞天
衛星滿天太空站
快樂神仙怎逍遙
穿梭機歸去來辭
聽說地球還有好地方
也想踩風火輪
天上人間一日還
只怕行雲駕霧
載不了太空愁

# 山水圖

看見她在水面禪坐著
像我在山上等妳一樣
物易星移幾度秋
等不到紅男綠女
她姍姍不來遲
投胎為水
他古往今不來
輪迴為山
蘭亭相會
一卷山明水秀圖

# 點

畫一個點
大如一個地球
小如一顆細胞
一尾精子
一隻卵子
生命一小點
人生一大點
從起點到終點
一點生
一點死

# 線

畫一條線
長是人生道路
短是生命痕跡
直如真理
曲如命運
粗的力量
細的感情
畫皮畫骨畫人心
一念之差
另人世界

## 面

從一點
一條線
形成一張面
眼睛看前生來世
耳朵聽天由命
嘴巴可以說不
手頂天
足立地
再畫一顆心
一個凡人

# 柯清淡的詩

## 指紋

空姐以溫馨的華語傳播：
　下面是黃土高原的壺口
　咱們正飛越黃河
我應聲急著倚窗鳥瞰
突發揮拳擊破機窗的衝動
讓在異國磨掉指紋的雙手
凌空伸入母親河……

願她用乳汁經揉細潤

讓指紋重現
於宗邦的新天日月下

一九八五年旅華，激情草於晉陝上空。

## 面具（外一首）

今早出門
戴上昨天戴的面具
忽然想到
要去面對的
是屬另類人物
便回屋改戴
另一副
面具

## 童真

回家後
脫下面具
對鏡一照
不禁嫣然
映出童真

處世有感，自繪於乙丑牛年除夕。

## 登城詩鈔

### (一) 靈藥

雙手摟抱住——
　長城的蒼石
鼻孔嗅吸著——
　石苔的澀味
我自幼身罹的相思痼疾
竟
霍
然
而
癒！

**(二) 問　祖**

掌心按住城頭蒼石
一腔悽愴

一肚委屈……
五千年的炎黃史冊啊！
能容許我這「番客」
在冊角簽下中文名姓？

## （三）返塞曲

琵琶何在？
昭君出塞時抱彈的
找回它！
我這海外的華夏遺民
急著　要彈
一支現代《返塞曲》
伴奏她遙唱的《出漢關》
借長城悲風

貫入神州億萬耳朵！

後記：一九八四年，余有幸初次赴華進京，得怯情唏嘘，登上八達嶺段的萬里長城，去佇立城頭，追撫中華民族之歷史命運，以至聯想本人之生為其長居海外一遺民的身世，而思維萬千，詩緒澎湃，並濃帶怨艾之情……。悠悠歲月，餘意難盡，十二年後特重登之，方定稿於原城頭。

## 返鄉組曲

（一）唐　山

兒時
長者屢指馬尼拉海灣
提醒著：
　　在這片水的彼岸是

唐山
你父母當年攜嬰揚帆的
唐山

於是　唐山呀
您的名字便一直
　烙印在我心靈深處

把兒時為您編織的幻夢
　化作灰髮進香客的虔誠
把成年後對您懷寄的相思
　滲入老大回鄉者的怯情裏
提起這一箱舊夢新情
明天　明天
飛渡彼岸　撲向搖籃

唐——山

草於一九七九年初次回鄉前夕，返菲後琢成此詩。

## （二）抵國門

嗚！嗚！嗚！
「鼓浪嶼」輪以汽笛向大陸招呼
在甲板上眺望的我
突然轉身俯首
摘下新配的老花眼鏡
抽出舊日手帕
拭一拭濕潤的眼眶
擦一擦被淚花蒸霧的晶片
轉回身以顫抖的聲調
笑對睜眼四望的兒女說：

此地就是
你爸爸時常講起的
唐——山！

一九八七年秋，速寫於廈門港。

## （三）抵鄉

老鄉啊
　別為我驚動四鄰
叔嬸啊
　別為我殺雞烹鴨
我這少小離鄉的「番客」
只想吃一頓
　用咱們田間收成來的米糧
　煮成的一鍋「番薯粥」

若是祖父用過的
　那塊粗花碗還在
就用它來盛放吧
　免再燙痛我童年的掌心

## (四)許　願

我的心兒
　掉落在家園的番薯溝裏
我的靈魂
　困留於童伴的眼神中
………
再揮別鄉土的我
走經祠堂口
茫然摸起斑髮

迷信地許下願：
若有所謂的「轉世」
「來生」也要活在此地
儘管這鄉野小村
是如此簡陋、卑微……

一九七九年，身歷返鄉及離鄉之現場情境，而孕草成詩。

## 龍變詩鈔

### （一）居家猛驚

偶從媒體和口頭
探來神州的鄉訊、國事

把它傳譯給兒女
卻換來茫然、冷漠
我心寒自問：
　《黃帝族譜》上
　仍有我一家人的名字？

居家常生此惶恐，寫之成詩，以示菲國華族裔者之漸遭同化現象，並立此存照於詩文。

## （二）留痕

舉國的遊龍留痕於此
長城角散刻歪斜小字：
　吉林長春的張忠孝
　九三年蜀漢鄧遵義
　拉薩的藏族一兄弟
　…………

還有開放前，來自台灣的——
　工程師TSG（隱名氏）

我摸出背囊裏的西洋餐具
想用這鐵叉子
也刻留日期、姓名、原鄉里

卻疑《龍之族譜》
或已無我的戶籍
遂神傷抖手刻下：
　海外一遺民鬢霜到此

一九九六年登居庸關，見城石上有各字刻，不禁心猿手癢，惟於略思後黯然自慚……

# 范零的詩

## 把唐詩寫在身上

迎面一位姑娘
她把　唐詩寫在身上

斗大的兩個「唐詩」
橫落在她胸前的白色T恤上
「春曉」就
龍飛鳳舞的直瀉在它的下方
「春眠不覺曉」她許是不懂
「花落知多少」的意境她也該不會明瞭

是為一種美而穿著？
或者？
不管如何
讓我告訴妳——姑娘
妳穿著比金字塔還要貴重的外衣
妳載著比尼羅河還要豐腴的文化
不懂又何妨
至少妳已將它穿在妳的身上

它裝點了妳高雅
美化了妳的內涵
比那些挺著Don't Touch, Come and Kiss
蟹行字的人有氣質得多
因為五千年的文化覆蓋在妳身上

五千年壓不倒妳——別怕
它只會讓妳百光彩，鶴立
因為
我也從五千年裏走出來
我知道
我比誰都更挺拔　更亮麗
因為
我也將唐詩寫在身上
寫在身上……

# 回鄉偶書
## ——一九八七年攜父母返鄉有感

一

當淚水彎延成河的
時候　娘使勁兒的用思念串成的
線　想緊緊縫住那滾動不已的源頭

佈滿了縱橫貫線的雙手
（曾經是多麼巧的手呀！）
硬是繫不住滑潤的線頭
雙袖不乾
龍鍾依然的任憑
它　汩汩的流

## 二

爹總是說
那地方　那人物　他
全都知道的
地圖　解說　意見
都是多餘的副件

爹的步子依然穩健的踩在
怎全是陌生了的土地
他的眼力依然明銳
怎相信當他激情的喊著
「我是你舅呀！」
換來的是怎麼的一份錯愕

爹被埋進了陌生　漠然
噤若寒蟬

**三**

反正
我是一個人都不認識
心情如大野般的荒寂
當黃沙滾起的時候
近鄉的跫音　幾乎
滴答碎了我的耳膜
東一個拉　西一個扯
全說抱過　曾經
那小小的我　原來
我認識的人該那麼多

# 比薩斜塔

我從老遠的亞洲來看
你精湛無比的絕技
斜杵在那兒六百多個年頭
六百年來都無法將你
扶
正

你睥睨的眼神
瞧盡這本就不完美的宇宙人世
斜傾的脊骨散發著凌人的氣勢
我風塵僕僕的越洋而來
不是來嘲笑或看你的醜態

是膜拜你缺殘的美姿傲骨
今後　知道了
少些　自怨自艾
我學著你的樣子
驕傲的留下一張
百年不變的比薩斜塔
斜
斜
的

註：比薩斜塔（Piazza Leaning Tower）它原是意大利比薩的大教堂的鐘樓，由於基礎沉陷而偏離垂線五米以上，故稱為斜塔，成為聞名於世的建築。它於西元一一七四年動工，一三五〇年竣工，不少專家提方獻策，惜均未能將它「扶正」。

## 前方

她（同胞）　指著
近在咫尺的前方
興奮的喊
「那就是金門島
　　——台灣」
所有的人都競相張望著
帶著企蹺的慕情

我（同胞）　曾不止一次
站在她指的前方
悽愴的說
「那就是大陸

——鄉邦」

所有的人也都競相張望著
帶著驀然的哀傷

晌午的陽光　將
沉靜的海面跳躍成霓虹的光
光影相撞著
交疊成流彈　炮火
我被擊落在

船
與
船
縫中的流亡
在
前

方

註：廈門胡里山與金門大擔、二擔兩島近在咫尺，天氣晴朗時，肉眼即可清楚的看見該二島橫隔在水中，遊歷此處，憶及昔日眺望大陸之情景，感觸良多。

## 中國城

那又叫唐人街的
　　中國城
在有土地的每個地方
　　馬尼拉
也有這麼一個庫倉

香燭　金鋪　國貨行
水餃　麵線　荔枝商
摩肩擦踵的擠在王彬街上
而蓮步款擺短褂長袟的人兒
　總不厭的磨蹭在這坎坷的路上

豆腐　豆芽　小香菜
蔴油　米酒　芝蔴醬
飄洋越海的奔馳在呵郎計
　那都說最貴的市場上
泥濘污穢腥臭的地方呀
　是龍兒浮游的穹蒼

馬蹄聲碎不了
嚮往的金陵

「西西披」比不上
　第一的小南光
黑龍江（註一）聞著比
　巴石河香
靈芝草
　更將阿斯匹靈撂在後方

別說中國城不是中國（註二）
移植她在另一個實驗台上

異邦的水化不開那濃於水的血
異邦的日融不了透白透白的黃
異邦的月柔不進「巴格伊比」的眸
異邦的星照不透疙疙瘩瘩的結
中國呀！中國

龍的傳人永是你愛的心房
從親善門到中菲友誼門
妳不正將
上帝
左右各一的捍衛在他們兩旁
孕育出
一個你儂我儂的天堂

註一：貫穿中國城的那條河常呈黑色，眾人皆戲稱其為黑龍江。
註二：名女詩人謝馨女士，詩作〈王彬街〉一詩中之詩句。

## 訪陳嘉庚故居

長堤上
孩子的嬉戲
錯落在琅琅聲裏
而俄然彈起的
是你遙遙的咳聲

門外　你牽著國憂
而來　理理
厚厚的家　把

它梳成絲絲的線
然後　一針一指地
彌縫破碎的土壤

我來時
你恰巧在接待訪客
那剪不斷的話
正在浪尖上滑行：
「一躭就是整個夕陽
一咳　又見心血
就算縫補不了
也要把線用完」

一九九〇年九月十八日稿於廈門

# 歸

當我走進石子路
家　驀然於眼底迷茫
（無盡的路　必須拐變
炊煙　又蒸發出一條小巷）

祖母的玉簪上
依然挑著我的搖籃
面對二十八年前的阡陌
我輕輕的放下肩上的行囊
　赤腳涉過　那邊的童年
俯首拾起　田螺的香甜

（鄉老端來了茶水
　我能品下什麼？）
嚥下故鄉的彩霞
腳板上早就刻好驛站
縱使心帆展向遠洋
這裏指定了
回航

## 武術

從太極打到京畿
天安門必須戒嚴

故宮也該緊鎖
假如要耍幾招
就到運動場上
出拳

拳，必須擊向天空
馬步，必須跨向虛無
在槍口下
掌風，必須揮出
國魂

一九九〇年九月廿二日稿於北京

# 母親的路

呂宋的路越走越近
父親的身影卻越近越遠
拐個彎
但見一方頑石
於是
母親索性把路捲起
扛在肩膀上
而去

# 父親的床

白晝
是一個櫃台
晚上
是一張床
父親
從唐山帶來的夢
在上面酣睡

## 災

風流血
染給心
痛

## 雨

晚風順著眼裏流浪
拋下一整天涼爽

# 二胡之傷

我漫步在王彬街（註一）
南音漫入我的心田
而二胡
卻拉裂我五十年前的舊傷

趕緊到中藥店
買一帖藥膏
貼上

能否痊癒
淹留昔時歡（註二）

註：一、馬尼拉的華人街
二、「淹留」摘自謝靈運五言詩。

## 棋・隱去

### ——悼菲華一代棋王陳羅平

這是一盤殘局
孰贏　孰輸
也會和棋

你在思索
思索著
秤上的歲月

如時針
停在
不該停留的
位置

而你的手
依然握著一枚棋
是車嗎？
是卒乎？
還是馬炮呢？
已是一個研碎的謎

# 題長江大橋

風
在叩問
小的深度

水
在演繹
光
明

# 天空在收集眼淚

## ——悼念詩人林泥水

不寒不冷不雨不飄雪的千島
天空望著天空地俯視著地
淘氣的雲兒趕墟似地收集眼淚
一滴蒸發一滴落在琴鍵
音符嗚嗚　這是曲的前奏
還是尾聲？

大排檔的凌晨沒有時間
我們蹣跚在王彬街頭
哼著國殤哼著鄉愁哼反胃的政治
以一個銅板的身家買來一口袋的瀟灑

蹦跳歌聲蹦跳戲劇蹦跳地蒼老
而掌聲遽然而止
我的手猶握著

## 長江畔上

幾年的醉語
臨江
我不敢下筷
一族黃皮的魚兒
正在黃泥中掙扎

導遊小姐說：
「這是我們的長江！」
我蹲下去
掬了一掌水

一九九〇年稿於南京

## 老到

我一口袋的寂寞
不好意思送人
於缺齒
拾起一串嘿嘿
不想嘮叨，只是
緩緩道來歲月的急流
急流老去的溫長歲月
是曲折
是平線

從黎明初啼
到落陽暮色
路道給我踱老了
而拂曉
永　新
畢竟，我是過來人
什麼返老還童
不，謝了！

## 蝶的問語

不知不覺
飛進黑洞裏的

傻傻的一隻
花蝶
冷得納悶
還未黃昏，暖陽何在？
多色的世界
瞬間消失
自己的彩翼
（真是彩翼嗎？）
染上墨
再傳染至心
（若真有心的話）
灰而淡問
不吹之時，風在何方？

# 聽說

菲島數千中你是孤島
——係童話的虛構——
即使無你，講出去
聽眾都接受
從此，你過著
另一種生存
就算遍體崎嶇
你任海水來沖擊
讓大自然磨平，圓自己
既非嶙嶙
也不崢嶸
你開始嚮往另一

空間。於是
你輕輕地浮起，悄悄地
消失於虛無中
——這是事實

## 無題三行

請陪我踱完長長的雨季
終站那邊必定舒服
你撩攏我雪白的濕髮而哭泣

·

有些華服底下

實為鶉衣百結
每一結是拾回的崩潰
．
你鑽木取火，擬舉
最初的烽火。燒什麼都不夠

你一躍跳進
．
他飢餓，你流血，我病危

大家瀕死的泥土上叫
世界
．
他不識字，你無名

反正自己也讀不到墓碑
灰塵是同樣的顏色

## 多熱鬧的一場爬梯

不知杯中的雞尾酒
被幾分溶化的冰
所以沖淡，淡得無味，正如
忙著爬梯者的對語
談得熱鬧，一片喧嚷
透過雞尾酒杯望，如隔著
櫥窗玻璃看

奢侈品，買不起
也不願意
買

註：爬梯，Party，借自鄭愁予之「爬梯及雜物」。

## 往事

書架被冷落的彼端
有已塵封的故事
用做書靠的花瓶中
有朵萎謝了的心意

## 訴

既無雪可踏
梅在國畫中尋
只見倚窗靜坐的她
無動於——滿院的香？
而我，塗鴉復塗鴉
鶯燕悄語漢詩箋
不知如何送到
宣紙上那翦水雙瞳前？

## 無題五行

你的沉默
在喧鬧之中孤立
嚴肅的表演之後
客氣的掌聲之後
誰坐著捕捉餘音

## 知

蟬嘶中我醒來
猶聞一聲辭別，輕輕

彈不破蟬翼——是夢語？
鳴吟震耳，蟬聯不歇
只見悄悄蟬蛻的是
昨日的我
知了知了知了，知了

## 等

一天的空轉成夜臨的虛
靜中撲漉驚谷
他眺望同一個方向
千變的景，凝化的情
踱來

踱往
欄杆不比期待長

## 氣象

雨季一個乾燥的午後
　對你粲笑
無傘的傻瓜是
頃刻的先知
午後一段難得的靜謐
　對你暗示
颱風是來臨是

必定的高潮

靜謐一過鬧氣的雨季
對你撒驕
頻下的銀箭是
成人的兒戲

# 張斐然的詩

## 老土地

守護著一大片的
土地　已不忍
看黃河流下的族民
創造千千萬萬的
土地公　去守護自己的
土地

一九八八年二月十四日於志銘一派

# 腳印

好久沒有這樣跑過了
赤腳跑沙地的滋味
我差點忘記
摸摸腳紋
我摸到每顆刺痛我的沙子

雲海裏有我留下的童年
長江浪是我賽跑的對手
只要太陽從瀑布那邊滑落
我們都會趕快跑回家
那時　我們都光著腳
都嫌沙土　太尖了
而今

離開了那個地方
才感覺
想念的也是那個地方

在深深的腳紋裏
河水仍流過
沙土仍飛著？
青蛙仍逃進我的夢
蟋蟀的歌已是我枕裏的綿
而那塊踩在腳底的土地
都已經是我的肉我的皮

我詳細的觀看
才發現最深最深的那條
很像是回鄉的路

# 收音機

在我誕生的第一天
我是沒手沒腳
而他們早已準備了一條很長的路
他們用盒子的顏色包起我　我的姓名
出生八字　還有我的雙眼

雖流動在每條血脈裏的不是血
雖沒頭沒肚而坐船會暈會吐
雖沒舌沒口
而到了一個地方
就得講那裏的話
唱那裏的歌

——我是沒有知己而要唱一輩子
唱一輩子他們的歌

## 星空的吸力

星光依然神秘
因為科學使我們發出更多的問題

火箭裏裝滿人的好奇
向神秘的方向飛去
或許迷失
或許E·T的眼睛正瞄準著我們
如眨眼的星子

電動玩具裏打敗了戰
卡通片裏是個常勝的勇士
電腦正在考慮一九九九年的生機
人造衛星從天邊回來
總是分屍　不管怎樣

地心吸力
已留不下我和你

# 塵

## ——給您老伯

當我把自己的地球藏在眼皮裏
請用烈火燒了我
請用王昭君的樂譜做我的紙錢
我不要什麼義山
天　給我震怒的颶風
吹我過海

吹我過海
如果我的骨灰
沒有以前那麼淡黃
請用那七歲的毛衣灰　包起

因為那件毛衣是母親親手用掌心的線紋縫成的
風　快吹我過海
讓我再次的回到黃塵裏
聆聽千年的塵話
過些塵香冒出的日子

# 張靈的詩

## 春夢滴血在花瓣上

其實這一切都是夢策劃的陰謀
讓血的顏色欺騙每一雙眼睛
以為花瓣是春季最美的祭品

# 雨！你來之形聲義！

## 一、形

傾一望遼渺的弦線
仰向千古的最初
風是你的影子
你飄泊的姿態竟江南的吟客

你也虛張而來
把老祖宗和離鄉人的心事
順黃河的水勢
從天傾瀉
從此濕了多少年的秋海棠

你走一趟長江
江上哽咽起無限的往事
啊！你是情懷無盡的舊日旅伴

## 二、聲

你也放一串熱鬧
因你懂得童年

你如風聲
泅游入我少年
最雅緻美麗的秘密

你也熱血澎湃
是如讀一頁中國現代史

怒吼長嘯
喝醒入睡的苦難

你是足音如奔騰的馬蹄，在夜深時
趕一段歸程的路
動人而撼魂

還有一種比牧笛更淒美的喚聲
只因你是雲遊的候鳥

## 三、義

一弧彩虹詮釋你的意義：紅雨烈烈
橙雨浪漫
黃雨如虎

綠雨清清
藍雨如珠
靛雨靜沉
紫雨煙幕
只是，你在史冊上留了幾夜的
黑雨淒淒？

## 十四日不見

在你生命中原沒有定數
我依然慣於置一首
十四行情詩
於小泥爐裏溫燉

從乍暖亦寒等到艷陽中天
濃蔭下的情絲
竟是積聚了
七次夕照復七的
思念

## 天長地久

### 情節一

我要控告老子
李耳先生，當年函谷關口
你扔下一句

天　長　地　久

害得我好苦好苦……
無私於年華如玉
無私於榮冠的族姓
無私於子宮未開的渾沌
無私於隨風而過的意欲
終一如始，以童貞之愛
獻身給天之長，地之久

當人們正辯論著：
情愛之於一人
情愛之於一國
你慣於下結論的說「相去若何」
結果啊！
結果，你不承認

黃花崗上的七十二英魂和我
都讓天長地久給欺騙了

## 情節二

我向老子哭訴
在玻璃窗帷的冷氣房
以淚水打賭
掌管書冊的老館長
唱不來今天的流行
那首歌可叫你迷惘
不在乎天長地久，只要曾經擁有

李耳先生，你一定誤解了我
當我哨著

麥當勞的漢堡
愛上那一杯巧克力
當我嚼著
肯德基的雞塊
習慣可樂的口味
其實啊！
其實，你不明白
我的眼神正抓緊遙遠的虛無
好讓心情渲洩千年的癡愛

## 結局

天廢地去
那一天，李耳先生
你老人家能不能

帶我，一道出關

你能？
你不能？

## 去白髮

持一把精緻完好的杭州小剪
以掩飾最佳的企圖
用三分的驚心，二分的不甘
四分的無奈和一分的無名情緒
相等十分的雜陳滋味
慎重的挑起歲月

決志斬首一根蒼白的回憶

華髮慷慨就義時
留下的史蹟，人人皆知
青春在最悲壯的一剎間
殉葬了！

## 中秋颱風夜回想

不想讓月光看透的心情
卻在雨地上洩露了秘密
千秋情懷的心意
竟讓秋風當空掃蕩零落滿地

雨聲喧囂地告示天下

急得潮濕的思念
把月亮浸泡在江南的太湖裏
月光激動了湖面
漣漪從此喜歡上細語綿綿的夜空
在冬天，月亮凍結成冰
那月光就這樣靜靜地照映

任憑打過的疾雨狂飆刮起的冷風
靜靜地等
換季時，偶而吹來南風
月亮徐徐升起

# 窗口VS路燈

二個彼此窺探的偷兒
伺機竊取對方的心事
來掩飾半生的寂寞

不留意相撞的神情
認出他們原是失散已久的稚年友伴

二者在襲來的夜色中
忘了設防
竟愛上了同一個影子

## 分離就是這回事

一道
封鎖線
設在遠遠地
回憶底邊界
防守成
真空

## 等候

從沒有一道曙光　在半夜醒來

幽暗的心情　最適合
窗口的眺望

# 莊杰森的詩

## 小詩

受祖宗之托
方塊字不分你我
爭相趕來拚圖
一點美景
即豐富大地

## 書

古今中外
全天候排排站
有求必應
再難的題目
微笑不曾變臉
讓心勇敢飛

## 彈琴

沉浸在

音符的愛窩
請進陽光
讓生命的傷痛
隨詩情蒸發

## 相信夢想

起飛
內在的力量
常會卡住
逐夢的引擎
難以撼動
世界

## 時鐘

洞察先機
羅致生活的機能
萬方競逐
從容之間
享受
時間的傲慢

## 電影放映師

一圈接一圈

尋找浪漫
從小小的窗口
遙望天幕
前景一片漆黑
喚不回黎明

## 失業

學歷
滿天飛舞
無一能對號入座
場外徘徊著
過期的
新鮮人

## 生

赤裸來到世間
放聲大哭
決心接受挑戰
冰冷的醫院
卻搶先預約
老病死

## 化妝品

幾近苛求
愛是一輩子

送上溫情
追隨美麗
年齡
由我決定

## 信用卡

身家財產
信不信由你
荷包緊縮
在所不惜
一卡在手
八面玲瓏

## 莊

錦繡子孫
蛻變庄稼人
莊嚴家風
正統　難以
傳承
列代祖宗找不到　歸宿

## 紅綠燈

宇宙的道路

走走停停
如不小心亂跳
你只好挑燈
擁抱星空

## 漢字

簡體字
輕描淡寫
懶散的筆
找不出古書的真諦
如何與先賢
溝通

# 七月半

供品的香味
禮數的額度
擲筊取得協議
好兄弟重拾笑容
共赴一場
天上人間的饗宴

# 拔　河

裂傷
緊拉著繩子

要放也不行
不放也不是
好痛
信心不能爽約

## 時尚

色彩巧言詮釋
缺衣不可
勾勒胴體的線條
你心甘掏腰包
留住
未來風

## 夢

半醒催眠
半睡擾攘
翻轉間
神經如何解套
情人的微笑
更要細細品味

## 品牌

卓越
企業的命脈

隨口說出的名字
傲視群倫
生活離不開的伙伴
有你更幸福

## 名片

墨黑的楷書
不張揚不炫耀
寫正職銜
鎖定心的方向
交換時
抬頭挺胸

## 淹水

垃圾不讓路
河流凝固
街道成出氣筒
泡在水裏的城市
如何清洗身心

# 莊垂明的詩

## 一張照片

從緊密的鼓聲中竄出
一頭金毛赤眼的瑞獅
迎著白面笑佛揮舞的一把巨扇
縱身採青，滾地嬉戲
把一群駐足圍睹的唐人
逗弄得個個臉泛歡樂
而我調整鏡頭，輕按銀鈕
將一條喧鬧的街道
收進一隻玲瓏的黑匣裏

這攝來的一張照片
是要留給我的子孫做紀念
要他們替我保存、傳遞
傳到我看不見的
那深深邃邃的巷裏
要巷裏的每一家，家裏的每一人
在某個適合思念的晚上
團團地圍住一盞茫然的燈光

從一本厚厚的相簿裏
翻出泛黃模糊的這一張
要他們細看，靜想
然後用純熟的菲語
追問甚麼是笑佛，甚麼是瑞獅

指出哪個是唐人，哪個不是
要他們貼耳靜聽
聽那古老的街道
頻頻傳來的鼓聲
一種沉重的語言
如同叮嚀，如同鄉音
來自他們的祖先

## 望穿五嶽

每次打唐人埠經過
總停在一條街口，仰首
看那站在樓頂上的小孩

又在暮色裏搖著一面旗
等候他的鴿兒歸來

每次總令我愴然想起
何以灼熱的眼睛日日北望
望穿了五嶽凜冽的峰巔
卻看不見一面揮舞的大纛
遠遠地，招我們回去

## 唐人街

破損不堪的唐人街
其實是無須修補的

如欲修補就先修補
唐人破損的心

街角口吐白沫的倦馬
看來是有點病態的
若是還牠一片草原
當會蹻蹄長嘶起來

## 瞭望台上

指向前面
嚮導說：
「那就是邊界

不可擅越」

站在落馬洲的瞭望台上
我偷問蒼鷹
凜風、鳴蟲
什麼叫做邊界
他們都說：
「不懂」

一九八三年九月三十日台灣《聯合報》副刊

## 淚中山河

持著照相機

國籍混雜的遊客們
競先拍攝著
故土邊區
縹緲的雲霧

而我肅立坡上
手中什麼也沒有
我用眼睛拍照
用淚水沖洗
眼裏的山河

一九八四年六月十五日台灣《聯合報》副刊

# 寒風

## ——麻雀雖小，五臟俱全

而好小好小好渺小的我
現在正站在土崗上
呼吸著，故國邊疆
吹來的一股好凜洌的寒風
並輪流用我的五臟
去容納它，去溫暖它

一九八一年八月七日台灣《聯合報》副刊

# 愛的面貌

雖然，你只不過是
一尾漂流的人魚
但我仍願擁有你，關顧你
認識你浮現的一半
沉隱的一半

然而，我的憂慮
乃是如何馱著你揚蹄奔馳
讓你催趕我，撫慰我
熟悉我的人面
我的馬身

一九八四年七月十五日台灣《聯合報》副刊

# 牙齒

記得祖母曾說：
「牙齒脫落
要恭敬站立
上顎的擲在床鋪下
下顎的擲在衣櫥上
這樣，長出新牙
才會整齊」

現在——
世事猶如惡拳揮來
打得我口中時有斷牙
想起祖母早已亡故

牙也不會再生
管他整齊不整齊
連著鮮血吞下去

一九八一年二月二十六日台灣《聯合報》副刊

## 分梨

輕輕地，一刀落下去
請你隨心揀擇莫猶豫
如果，你所喜歡的是
受創無聞呼疼的一半
那我就是不見淌血的
另一半，留給了自己

只因為你我一樣希望
讓最甜美的歸於對方
只因為，此時與此地
你我終須——分梨。

## 異國碼頭

從貨船卸下來
一個個木箱
不知裏邊裝了些什麼
只看到外面漆著
「小心輕放」
四個黑字

堆疊在一起，在一個
天氣寒冷的碼頭
機器叫囂的碼頭
——異國的碼頭

一個個木箱
顫顫晃晃地
等著貨車開來
送到一個個
陌生的城市

啊，小心輕放
小心輕放

而我這古瓷般易碎的

小小的心
又將輕輕
放在哪裏？

## 山的那邊

設想邊區的田野上
此時突然出現一個
騎牛吹笛的牧童
用他嗚咽不絕的笛韻
把阻斷我視線的群山引走
你說，極目遠眺的我
是否會在蒼茫盡處

看到我的家鄉？

# 許露麟的詩

## 歲月

今晨攬鏡子
愕然發現髮叢又多伏了一條
白髮
似蛆

在額頭也深留
昨夜牠偷偷橫過的痕跡
彷彿要成群在此盤據
等待……

# 空中飛人

總不能一直抓住自己
晃來晃去
在虛無中
也該晃出一個名堂來
就來一次驚人駭世的四斛斗吧

於是你就愈晃愈高
然後鬆手衝出
一、二、三、四
竟然什麼也沒有抓住
只見到自己
正在顛倒的世界裏墮落

天在下
地在上

## 霧

迷迷茫茫
徘徊又徘徊
逸去呢
就成流浪的雲
落地呢
就成淚滴的露
還是逗留

去擁抱一座山
而那山呀
總是在我懷裏
強掙出頭

## 抽煙記

懶散於沙發椅上
我猛吸一口煙
又向空輕吐一口氣
一環煙圈
就此呈現於我眼前
漸漸飄昇

欲消失
無蹟
恍若昨日

於是我急急挺身直追
舉首想頂住它
使其不朽為
耶穌基督頭上
那一環
光圈

# 新聞

每日清早一起床
我就急急翻開報紙
尋找閱讀一則則
犯罪與戰爭的新聞
就如那一杯熱滾的黑咖啡
把我自夢中激醒
然後欣然自慰
依舊很平安的生存著

設若有一日
犯罪與戰爭的新聞
都自報紙消失

我是否會若有所失地
自夢中驚起
而振臂高喊
犯罪與戰爭啊
是否真的已隨著
自由與和平相對消逝在
死寂的鐵絲網下

## 空洞

這是一塊沒有陽光的地方
陰暗潮濕的世界
你舉起火把

頻頻深入
追尋生命的奧秘
那孕育快樂與悲哀的泉源
浪起浪落
無窮浮沉的種子
悸動地往上掙扎

這是一塊沒有陽光的地方
陰暗潮濕的世界
再也舉不起火把的你
在大地漆黑的空洞裏
仆倒猶如不死的祖先
仍然焚燒滿墳的欲望
熬煉著
無窮浮沉的種子

悸動地往上掙扎

這是一塊沒有陽光的地方
陰暗潮濕的世界
是誰又舉起火把

## 水的傳奇

一滴水
從天上掉下來是雨水
流到河裏是河水
蓄在水庫
放出來的卻是自來水

兄弟啊兄弟
你水滴般地流
到大陸被稱為番客

到台灣被叫做華僑
入了菲律賓籍的容器
卻被看作中國人

淚水啊淚水
你是淚還是水

## 詩的真諦

雨後
小孩在漲滿了水的街上嬉戲
母親著急地喊：
「水很髒，快回來。」

小孩的臉上
綻開了雨後燦爛的陽光
「媽……好涼快哦！」

## 冰淇淋的另類

在飲冰室
你隨著音樂踏出了節拍
在泥流中
我跟著人潮倉皇了腳步
拿著杯子
你舔著錐形流下的冰淇淋
空著雙手

我強嚥下火山瀉落的泥漿
吹著冷氣
你涼呀涼地哼著
淋著雨水
我冷呀冷地哆嗦
伸了個懶腰
你呃地打了個飽嗝
傴縮著身子
我咕嚕地起了飢響
招招手
你付了賬外加小費回家
回回首
我付出全部家當外加病痛站著茫然

註：颱風橫掃菲律賓，致賓那杜霧火山泥流傾瀉成災，淹沒邦邦牙省數個社鎮，數十萬人逃離家園，生命財產損失慘重。

# 祖國

童年
祖國是個選擇題
中國在上午
菲律賓在下午
無論怎樣思考
總是無從選擇

老來
祖國是蹺蹺板
中國在那一端
菲律賓在這一端
無論坐上那裏
總是重重地摔下

# 鄉愁三喻

## 一

鄉愁靜靜躺在白蘭地杯中

不妨輕輕摩挲
　緩緩搖動
讓久釀的香氣漾漾

啜一小口吧
讓唐山從喉嚨滑入
暖和一下騷動的思緒

可不要　千萬不要

一口飲盡
把那易燃的腸燒斷

## 二

只能想像
不能看到
只能聽到
不能感到
只能說說
不能做到
只能自怨

不能解愁
只因自己
還在懷鄉

**三**

鄉愁
是淪落人
口渴時
想喝又不想喝
越喝越渴
又不得不喝的
海水

# 曾幼珠的詩

## 路

從地球上
匍匐出
小路的起紋　日子
在滴嗒的細流裏
剝落……
挺直我的腰桿
腳步　在每一響
探索中移動　踏上

這條只許前進
而不容折回
疙瘩的旅路
轉折　拐入
氣候熱的煙漫中
旋進飛沙
走石的滾盪裏
風來的捶擊
急雨的喧囂　已然
薰得微棕的皮膚
顫搖搖又還原成
濕漉漉的黃

雖然　疲憊的顛簸
流出蹒跚的踅音

……但
畢竟　還是
穩住了步履
踢去　絆腳的石頭
排開　湧來的阻力
灑脫地擺好　一個
過客堅定的立姿
昂揚　依循方向
踏實的跨著　足下
伸展開去的路

舒放心靈的綠
浮雕　在每個旋轉中
空白的明天
打著赤裸的腳丫

蘸起斑斕的顏色
只想
走出美麗的痕跡
縱然是淺淺的
一履履　於我
也是足夠了……

## 風的嘀咕

卻把未知的符號
掛在每個飄泊的日子
聽風的嘀咕

隨渡船
直朝對岸飄去
我是把夢
擱淺在
沁滿康乃馨暖撫的人
深邃的眸子　亮著
南方的凝望
化不開濃濃的思念

循著足印
從秋海棠的廣袤
流徙來
腳步　挪入
火紅蒸騰的荒瘠
踉蹌過

緊風淒雨的泥路
踩一地　太陽
打從椰蔭篩漏的流光
那移植來的
樹綹如縷
纏牢棕色土壤
兀自延伸
繁衍不已

浮泛
茉莉清香的小屋
風鈴叮叮　自空氣中
漾來遠方的鄉音
曳動　沉入搖椅
抽雪茄的白髮人

吐出了煙絲　捲起
迷惘的繚繞　於是
滋生在老人心內
鄉夢的癌
又逐漸擴散
而蔓延……

在異鄉待久
呷慣　潮濕月光
　　拌攪芒果酸的人
竟有料峭的涼意
臉色蒼白了許多
而我呢？

# 蒲公英的詩

## 我與妻

我與妻
日子過著
愛情走著

打從
猴年馬月
花季草日
愛情走著
日子過著

我與妻

打從
看到她的第一眼
時間停擺
萬籟俱寂
只是
那麼一眼
註定今生
註定來世
註定
生生
世世

宇宙洪荒

愛情依然走著
我與妻
愛情走著
一日
又
一日
一年
又
一年
日日
月月
年年
歲歲
愛情走著
風刮著

太陽照著
日子
過著

一鍋鍋的
辛酸苦辣
一口口的
甜美甘醇
日子
過著
愛情走著
打從
黝柔的青絲滿肩
到華髮青霜
今生今世

一生一世
永生永世
我與妻
日子過著
愛情走著
這是一首
纏綿繾戀的
情歌
留給
我們的子孫
萬代
歌頌著
我
與
妻

二〇〇〇年十月一日晨

# 踏碎一街月色

踏碎了一街月色
鄉愁掛滿樹梢
我哼著小調
是故鄉的
是異域
我不甚了了
遠處傳來了槍聲
耳邊有飢腸
呻吟
宏偉的二〇〇〇
在逐鹿者口中
喧囂

這是陋巷的凌晨
這是黎明前的首都
從首都向北往南
那七千多個島嶼
在迎接著太陽
太平洋的水
沖擊著七千個不大太平的島嶼
槍聲過後
響起了早禱的鐘聲
願天主聖恩
照耀著這東方之珠

# 詩人歌者

詩人就是歌者
在社會的絃律中
聞歌起舞

雨裏的嘆息
風中的狂嚎
夢中的笑
哭中的號啕
歌者是詩人
詩人是歌者

把詩寫在風中

把歌唱在雲裏

二〇〇七年二月十七日

## 華冑

小城下不算小的
市鎮
有不少華裔菲人
生息於斯
第一代
第二代
綿亙下去
華

胄
幾許
華教只是點綴門面的
神荼
郁壘
而
已

一九九一年八月廿九日 San Fernando, La Union

## 山城

災後
雨中

一派不著天際的
芒
芒

天譴後的餘悸
紅花
綠草
似乎稍為遜色了

只是
松濤
茵毯
還是
如斯地
美

下

去

一九九一年八月廿六日碧瑤

## 痛

——清明憶亡兒

飲一盅青青的愁

酩酊

復

酩酊

醉不倒的
揮不掉的
趕不走的

痛

談何
容易
一下子
摘掉

# 劉氓的詩

## 門

門打開　門關閉
門打開　門關閉
日復一日
年復一年
簡單地重複著
這世界
人走進　人走出
人走進　人走出

每一扇門
到一扇門
每一個早上我們去上班
每一個下午我們回來
一切都不變
直至有一天
我們在鏡中
偶然發現
一點詫異

太陽昇起　陽落下
孩子出生　老人死去
走不完的路
開不完的門
呵　這一刹那

當我以一個慣有的動作
把它輕輕推啟
門裏的世界
門外的世界
或許都已向不可知的方向
挪動
難以察覺的
一點點

## 惜別

我倉促行經你們的居地
無數面影迎面而來

從喧鬧的都市
到寂寥的海岸
從破爛擠擁的貧民窟
到一棵一棵的椰子樹間
呵　到處是人
到處是
男人　女人　老人和孩子

憂愁和艱辛都寫在你們臉上
有什麼能表達我的關愛呢
短暫的停留後
我又要離去
一個落寞的遊客
孩子的天真
老人的慈祥

以及惹人遐思的
少女的面影
從茲
永不再見　呵
永不再見

## 在不知名的海岸邊

伸延的山崗微微地隆起
崗後傳來荒涼的潮聲
破爛的草屋散落著
在荒草蔓生的鐵軌兩旁

呵　陌生的土地
我素未踏足的冰冷的泥土
荒原上謙卑地蟄伏的寂靜的鄉村呵
你們總是勾起我
莫名的哀感

## 鐵道旁的孩子們

孤單的木屋　蕭騷的椰葉
還有一些我不知道的生存的故事
我只感到隱然的哀傷
為你們寂寞荒廢的童年

火車過去了
挾著文明高傲的喧囂
門口的雞又繼續啄食下午的靜寂
匆匆的一瞥間
我也曾遺下我的愛
在這荒蕪的土地
把你們羞怯的笑容
帶走
在我沉重的記憶的背囊

## 旅館

在深山旅館幽暗的大堂

一個澳洲女人向我展示她的寫生
遞給我一支煙　然後問我
是否很愛這個地方

從那道狹長的側門望出去
是一塊裸露紅土的草坡
坡上有帶雨的松榦
一個拾松子的孩子出現又消失

悠悠地噴一口煙後　我點頭
雖然它的閑散給我空虛的感覺
我常到市場上買竹籮裏的草莓
它甜美而酸澀　如我童年的回憶

紙煙燃盡的時候　我向她告辭
她向我道謝　然後又拿起她的雜誌

松梢的雨中我走回我的旅館
另一個山城在我心裏

# 馬尼拉

## ——N城路上

島國的月夜是如此迷人
重重疊疊的山影啊
山後
那流動著神秘光波的
是睡眠中的海洋吧
它該有甜蜜的夢
像我一樣

在這如水的涼夜
而滿山的荒草也睡了
除了路邊的小屋
閃動著
不眠的眼睛
你們是怎樣地吸引我呢
啊　有一天
如我重來
我將虔誠地
拜訪這裏的每一戶人家

## 馬容山下

我能寫下什麼呢

在您沉默莊嚴的面影下
當生靈的哀號歸於沉寂
綠色的生命是如此茁壯地生長
嚴厲而寬厚的自然母親呵
我只能向您
這樣
無言地仰望

註：馬容山，是菲律賓最著名的火山。首次爆發於一七六五年，至一九七八年計爆發四十三次。一九五一年爆發時，約有一千四百多人罹難。

## 鏡

沒有誰比你更理解人類的憂傷了

當一個女人以憐惜的眼神
向你凝望

回來吧　昨日
回來吧　逝去的一切
在你永恆的靜默中
迴蕩著人絕望的呼喊

## 椅子

疲倦的時候
坐下來吧
在勞頓的生活中

請找尋片刻的休息
那為著餬口
而終日汗流披面的
被詛咒的生物呵
這一刻
沒有天堂比它更美好

當一個老人
把最後的歲月交付它
每日　每日
木然地望著
行人們匆匆而過
在門外
在不可逾越的
生命之門外

只有它知道
一個被遺棄的生命的
悲哀與孤寂

永遠艱苦的日子
多少人曾經
在這裏坐過
呵　一張古舊的
椅子　負載著
何其沉重的人生

# 蔡銘的詩

## 未來

——致緝熙雅集同仁

唯恐有一天
我們會像那些候鳥
克服不了環境
成群地飛入
社會

遠離了

各持己見的話題
讓夢
在蒼茫中
失散

## 刀砧

當了多年
刀的幫凶
才發現
自己
傷痕累累

# 卒子

過了河
已無望
全身而退了

不能走回頭路
面對
重重的殺機
弱小的我
只能
左躲右閃，或者
向前衝

# 戲

戲散了
觀眾離去
留下
歡笑、淚水
感歎聲

演員退到後台
卸裝
我走出戲院
繼續演戲

# 林黛玉

哭過
是比雨絲還瘦的
身影，在殘燭下
燃焚
手絹的
題字
（昨夜的
風和雨
吹落
幾朵殘紅）

今晨醒來

已是我們生活的
今天
唯枕邊幾卷
紅樓夢

你獨自
為多愁的
殘花
埋葬
並且乃然流著
淚

# 劫後二帖

## 之一

所有的美姿
留給銅像
去保存

天空
依舊是深藍的
雁群曾飛過的天空

## 之二

廣場上
歷史

在激烈的陽光下　或者
無力的燈光下
迅速蒼老

天空
時晴時陰
悲劇重演

而銅像
不能出聲
唯有想著
那顆
無罪的子彈

# 盆栽

——贈金山

想你家那盛開的盆栽
該已凋謝
又盛開了

我們如你小說裏的
長長的話題
也該已被伊
遺忘在忙於適應
不時變換的
都市的季節裏了

你知不知道
那年
我曾悄悄摘下
伊最盛開的一朵
花
移栽在我深遠的
回憶裏

永遠開向
你用鄉音
導我往盛唐的路

# 礁石

風刮
浪擊
潮退　浮現
潮漲　淹沒
我是外海
一塊礁石
浮浮沉沉
兩岸之間

# 謝馨的詩

## 電梯

水銀柱般
上上　下下
上　下
下
上
高樓的體溫
比女人的
心
更難伺候

七樓
三樓
二樓
九樓
充滿階級鬥爭底動蕩
和不安

攝氏100°
華氏32°
沸點　　冰點
或是溫開水
毫無表情
出出　進進
去去

來來的許多
數不清的
臉
水銀柱般
升　降
起　落
高樓的血壓
比天氣的
善變
更難預測

# 單純

新雨後　仰望
穹蒼虹橋　你終於了悟
那最最單純的色澤
白
竟然是　啊
五
光
・
十
色
・
八
方

・四海・六合・三界・九霄・七彩

# 蠶

春日以後
即不再執著
於情底痴迷
蠟炬的淚滴
終成灰燼
火浴的鳳凰
再生　飛起。
也許以與你
同音韻律的
禪　得以感悟
你自我禁閉，
自我釋放的

思緒——絲路的
經緯豈止萬水
千山的跋涉，
尤須　遠溯
縲祖母儀
天下的恩澤！
嘍蟻之軀
亦能展現
一片光潔
璀璨的織錦。
你喫樹葉，
我啃書頁，
你吐絲，
我寫詩。

# 迪斯可

把所有的
音響
光線
形態
裝在一隻萬花筒裏
搖之
滾之
轉之
一直到你
聽而不聞
視而不見
感而不覺

於是你聚精會神地
欣賞音樂
分辨色彩
認識你我

## 蘇榮超的詩

### 傷口

一條心絃的顫動
在痛苦與快樂之間
企圖尋找
平衡點

夜　無止境

一隻貓
在屋脊間

舔　著
已然發霉的
昨日

## 執　著

歲月將日子拉成長長的路
影子拖著疲憊的醉意歸家
面對滿腔愁緒的斗室
我脫下禮教傳統　和
神經衰弱
與四面牆壁進行一場
跨世代論戰

激烈炮火中
一隻悲情的蟑螂
知難不退
而天花板上
兩條四十瓦特的蒼白
依舊落落寡歡　搖擺不定
只桌上那架寧死不屈的
電風扇
堅持依呀依呀
拼命搖頭

二〇〇九年十二月二日

# 雨

撐開五顏六色的日子
用軀殼遮擋靈魂
受傷的血液
從心深處
嘩啦啦
流淌出來
竟是透明的
淚珠

二〇一〇年二月六日

# 咳嗽之必要

連太陽也被熏得
一臉烏黑
貧乏的我們
還有什麼可以留給
下一代
除了
一襲假仁假義的
禮服
皮黃骨瘦的
河山之外
就只有那對
喝了川貝枇杷露後

依舊沒精打采的
黑蝴蝶

二〇一〇年二月六日

## 失眠

月光委屈的
溜進屋中
今夜
又要找尋睡眠
我那個丟失已久的舊愛
夢是唯一的
奢華物

只有相思
無情拍打著
地板
而鬧鐘
卻遲遲未能
見證　晨曦

二〇〇八年八月二十七日

## 通貨膨脹

日子已愈來愈消瘦
生活也缺乏營養和蛋白質
自卑一漲再漲

彷似我逐漸擴張的
心臟
無奈一升再升
欲與我本已飆高的血壓
競比高
捉襟見肘的窘境
只有銀行的存摺本子
看在眼裏
記在心裏

二〇〇八年八月二十七日

## 鄉　路

看著爺爺

滿臉的皺紋
縱橫交錯
爸爸總會說
那是讓我們
氣出來的

指著額頭
最深最長的那條
一生飄泊的爺爺
忽地說
這是歸鄉的
路

# 歸家

在一次歸家的途中
看見你駕著
超速的跑車
跑過超速的人生
白雲依然蒼狗
我們瀟灑於古今
千里談笑
就是不提未來
踩在時間的綱索上
如昔風采
你是古代握劍的
俠客

卻忍心快意了
世間的愛戀
讓愛你和你愛的人
追逐夢與哀愁

夜獨自深沉
一彎殘月
自你眉間升起
我們只希望
沒有明天

二〇〇一年九月九日

# 心的廢墟

不小心
把日子打翻
染了一室的藍
歲月　依舊沉默
天空悠悠　飄過兩朵
無奈的雲
我堅持把自己
壓縮成
一堆爛泥
封裝在　頹廢的盒子裏
以為從此就
憂悒不起來

受傷的靈魂
卻在一邊冷笑

## 除夕

馬尼拉的夜空
在一串激情過後
煙霧忘情相擁
剩下滿地紙屑
兀自爭論
誰　Made In China
誰　Made In Taiwan

# 靈隨的詩

## 蛾之死

——子曰：朝聞道，夕死可矣

就這樣
讓我拋棄一切
撲倒在
妳底懷裏

儘管
妳那麼微不足道

我仍願意擁抱著

直到我已
不再思想　不再呼吸
不再感覺妳
剖開黑暗的
壯舉

## 日蝕懷母

### 之一

日蝕
已經毫無觀賞的意義

因為再也沒有一個
會細心傾聽
每一點小小的
關於天文常識的她
如我每一次所對她說的話
打從我　呀呀學語時
她就一天一天地
小心地記著
每一句話

一九八八年五月初稿
二〇一〇年四月修改

## 之二

眾人爭看　獵取

九時〇六分
那一刻的
歷史鏡頭

我沒有激動
因為在那
黑暗的一刻
我看到
天空中一隻緊閉的
黑色眼圈
如母親受傷的眼睛
那麼腫
那麼痛

一九八八年五月初稿
二〇一〇年四月修改

# 漸變

太陽在下沉
陽光在傾斜卻吃力地堅持著

夕陽無限好？
　無限好？
　　無限好？

直至陽光盡去
眾人才發現
瞬間的美妙
已被漫長的黑夜所

取代

當霧走後
當霧走後
視野不再朦朧了
空氣就成為負擔
美麗的夢想失落了
沒有自以為是的謊言
殘酷就是現實

二〇一〇年三月三十一日重寫

## 當霧走後

視野不再朦朧了

林中那兩頭鳥也就去了
一頭向東　自來處去
一頭向西　從去處去

二〇一〇年四月一日重寫

## 歸　心

噴氣機在咆哮
家門已現
衝——
萬鈞推力
把一張張焦急的臉
射向星空

熟悉的大門就在眼前
怎麼竟變得如此沉重？
用力……啊……
急跳的心臟竟衝口而出
原來是夢
醒來時：
怎麼？我還停在半空中？

二〇一〇年三月三十一日重寫

## 清明

漫山遍野都是雨
哭能代表什麼？

清明難道就是這樣
這樣的想著母親
想著今年才第一次
發現清明

就這樣的讓「五月初一」的歌聲（註）
When I Was Small……
沉沉的飄向窗外
飄向雨聲
飄向童年
飄向母親的懷抱

一九八七年清明節初稿
二〇一〇年復活節修改

註：「五月初一」歌指英國樂隊 Bee Gees 的成名作之一〈First of May〉

# 母親的遺傳

踏進家門　聽見
妻開心的說：
「隨著三聲車笛
你女兒用尖小的指頭
指著窗子叫：
爸爸　爸爸　嗶！嗶！嗶！
哈！果然是你回來了！」

我驚愕
怎麼才十八個月的她
就擁有
母親那種辨識我的

能力

一九八八年五月初稿
二〇一〇年四月修改

## 母親

小女兒望著妻遠去的背影
哭聲越來越大
我無能為力　此刻
除了馬上找回她的
母親

讓她一刻也不間斷地重新擁有
溫暖、安全和
愛
如我曾經擁有的　但已經
永遠失去的
一切

一九八八年七月十二日初稿
二〇一〇年四月四日定稿

語言文學類　ZG0077　菲律賓・華文風17

# 千島世紀詩選

作　　者 / 千島詩社同仁
主　　編 / 楊宗翰
責任編輯 / 邵亢虎
圖文排版 / 鄭佳雯
封面設計 / 蕭玉蘋

法律顧問 / 毛國樑　律師
出 版 者 / 千島詩社
231台北縣新店市中正路639號8樓
電話：+886-2-2218-9318
製作發行 / 秀威資訊科技股份有限公司
114台北市內湖區瑞光路76巷65號1樓
電話：+886-2-2657-9211　傳真：+886-2-2657-9106
http://www.showwe.com.tw
劃撥帳號 / 19563868　戶名：秀威資訊科技股份有限公司
讀者服務信箱：service@showwe.com.tw
展售門市 / 國家書店（松江門市）
104台北市中山區松江路209號1樓
電話：+886-2-2518-0207　傳真：+886-2-2518-0778
網路訂購 / 秀威網路書店：http://www.bodbooks.tw
國家網路書店：http://www.govbooks.com.tw
圖書經銷 / 紅螞蟻圖書有限公司
114台北市內湖區舊宗路二段121巷28、32號4樓
電話：+886-2-2795-3656　傳真：+886-2-2795-4100

2010年09月　BOD一版
定價：590元

國家圖書館出版品預行編目

千島世紀詩選 / 千島詩社同仁著. -- 一版. -- 臺
北縣新店市 : 千島詩社, 2010. 09
面； 公分. -- (語言文學類 ; ZG0077)
BOD版
ISBN 978-986-86499-0-3(平裝)

839.9　　99015065

# 讀者回函卡

感謝您購買本書，為提升服務品質，請填妥以下資料，將讀者回函卡直接寄回或傳真本公司，收到您的寶貴意見後，我們會收藏記錄及檢討，謝謝！
如您需要了解本公司最新出版書目、購書優惠或企劃活動，歡迎您上網查詢或下載相關資料：http:// www.showwe.com.tw

您購買的書名：________________________________

出生日期：________年________月________日

學歷：□高中（含）以下　□大專　□研究所（含）以上

職業：□製造業　□金融業　□資訊業　□軍警　□傳播業　□自由業
□服務業　□公務員　□教職　□學生　□家管　□其它_____

購書地點：□網路書店　□實體書店　□書展　□郵購　□贈閱　□其他

您從何得知本書的消息？

□網路書店　□實體書店　□網路搜尋　□電子報　□書訊　□雜誌
□傳播媒體　□親友推薦　□網站推薦　□部落格　□其他__________

您對本書的評價：（請填代號　1.非常滿意　2.滿意　3.尚可　4.再改進）

封面設計____　版面編排____　內容____　文／譯筆____　價格____

讀完書後您覺得：

□很有收穫　□有收穫　□收穫不多　□沒收穫

對我們的建議：________________________________

________________________________

________________________________

________________________________

請貼
郵票

11466
台北市內湖區瑞光路 76 巷 65 號 1 樓
**秀威資訊科技股份有限公司** 收
BOD 數位出版事業部

（請沿線對折寄回，謝謝！）

姓　名：＿＿＿＿＿＿＿＿　年齡：＿＿＿＿　性別：□女　□男

郵遞區號：□□□□□

地　址：＿＿＿＿＿＿＿＿＿＿＿＿＿＿＿＿＿＿

聯絡電話：(日)＿＿＿＿＿＿＿＿＿＿(夜)＿＿＿＿＿＿＿＿＿＿

E-mail：＿＿＿＿＿＿＿＿＿＿＿＿＿＿＿＿＿＿